O VIOLINO CIGANO

O violino cigano
E outros contos de mulheres sábias

recontados por
Regina Machado

ilustrados por
Joubert

REGINA MACHADO nasceu em São Paulo, em 1950. Doutora em arte e educação, é professora da Escola de Comunicações e Artes da Universidade de São Paulo, contadora de histórias e escritora.

JOUBERT JOSÉ LANCHA é arquiteto, doutor em arquitetura e urbanismo pela Universidade de São Paulo e também pela faculdade de arquitetura do Politécnico de Milão. Trabalha com ilustração desde 1995.

Copyright do texto © 2004 by Regina Machado
Copyright das ilustrações © 2004 by Joubert

O selo Seguinte pertence à Editora Schwarcz S.A.

Grafia atualizada segundo o Acordo Ortográfico da Língua Portuguesa de 1990, que entrou em vigor no Brasil em 2009.

Capa
Fábio Uehara

Ilustração de capa
Joubert

Preparação
Rafael Mantovani

Revisão
Carmen S. da Costa
Ana Maria Barbosa

Atualização ortográfica
2 estúdio gráfico

Os personagens e as situações desta obra são reais apenas no universo da ficção; não se referem a pessoas e fatos concretos, e sobre eles não emitem opinião.

Dados Internacionais de Catalogação na Publicação (CIP)
(Câmara Brasileira do Livro, SP, Brasil)

O violino cigano e outros contos de mulheres sábias / compilação e reescrita Regina Machado; ilustrações Joubert. — 1ª ed. — São Paulo : Companhia das Letras, 2004.

ISBN 978-85-359-0463-5

1. Contos — Coletâneas 2. Contos — Coletâneas — Literatura infantojuvenil 3. Mulheres na literatura I. Machado, Regina

04-0399   CDD-028.5

Índices para catálogo sistemático:
1. Contos : Coletâneas : Literatura infantojuvenil 028.5
2. Contos : Coletâneas : Literatura juvenil 028.5

27ª reimpressão

Todos os direitos desta edição reservados à
EDITORA SCHWARCZ S.A.
Rua Bandeira Paulista, 702, cj. 32
04532-002 — São Paulo — SP
Telefone: (11) 3707-3500
www.seguinte.com.br
contato@seguinte.com.br

f /editoraseguinte
🐦 @editoraseguinte
▶ Editora Seguinte
📷 editoraseguinteoficial

Sumário

Apresentação — Um tesouro escondido, 7

Uma fábula sobre a fábula (conto árabe), 12

Flor no cabelo (conto tibetano), 19

Oochigeaskw — Uma "Cinderela" algonquin (conto das Primeiras Nações da América do Norte), 29

Mais inteligente que o rei (conto turquestano), 37

Carvões para a lareira do diabo (conto irlandês), 45

As três romãs (conto armênio), 51

A bela Fahima (conto árabe), 59

A guardiã (conto caucasiano), 65

O papagaio real (conto brasileiro), 73

História de Layla (conto persa), 81

A pergunta (conto indiano), 89

O violino cigano (conto cigano), 93

O gênio do poço (conto árabe), 101

A princesa que foi educada como um homem (conto indiano), 107

Mãe Wu (conto chinês), 115

Fátima, a fiandeira (conto grego), 121

Apresentação
Um tesouro escondido

As histórias reunidas nesta coletânea têm algumas características comuns e, ao mesmo tempo, são muito diferentes entre si. Começando pelas semelhanças: os contos são todos da tradição oral e têm protagonistas femininas. Como narrativas orais, isto é, sem autoria conhecida e transmitidas de geração em geração, anonimamente, são relatos que se desenvolvem no terreno do imaginário, domínio da fantasia: contos "maravilhosos", de "fadas", contos "populares", de "ensinamento". Essas são denominações que surgem nas classificações de variados estudiosos, cada um a seu modo inventando e definindo seus termos de referência, de acordo com seus pontos de vista particulares. Por isso não existe uma única designação com a qual todos os autores concordem, o que, do meu ponto de vista, não tem muita importância.

O que considero relevante é o fato de todas as culturas humanas, desde a Antiguidade mais remota, terem produzido e continuarem a produzir narrativas destinadas a expressar, transmitir e perpetuar um certo tipo de conhecimento. São modos de compreender os trajetos de desenvolvimento do ser humano, visões que envolvem aspectos fundamentais do relacionamento das pessoas com elas mesmas e com os outros, em determinados lugares, momentos e situações. Cada grupo humano, vivendo numa época e num espaço da Terra, cria um conjunto de relações em constante transformação, que se expressa continuamente em diferentes planos da realidade, constituindo uma cultura: relações sociais, econômicas, políticas, formulações sobre educação, ética e religião, criações artísticas, invenções tecnológicas. Assim, um templo, uma forma de governo, um tipo de casamento, um utensílio de cozinha, uma lei, uma dança, cada um a seu modo, manifestam concretamente a imaginação de um povo, que dá forma à sua concepção de mundo e ao conhecimento produzido ao longo de gerações de pessoas.

O que acho mais fascinante no que diz respeito aos contos tradicionais é que eles são ao mesmo tempo expressão particular de uma certa cultura e expressão universal da condição humana. Costumes, vestimentas, nomes e ambientes são, sem dúvida, típicos de cada forma cultural, caracterizando assim uma variedade infindável de histórias. Por outro lado, esses mesmos contos tão diversos em estilo, ritmo e imagens narrativas têm um substrato comum. Parece que falam de uma humanidade à qual todos pertencemos e tocam num lugar dentro de nós que quer saber coisas que não estão propriamente à venda em nenhum mercado, por assim dizer.

Um *rapper* americano, um índio bororo, um estudante da USP, uma atleta russa e um técnico de informática japonês, por mais diferentes que sejam seus rumos e escolhas de vida, poderiam perfeitamente escutar um mesmo conto tradicional e aprender alguma coisa, cada um do seu jeito. Mas de modo algum, nem de longe, estou falando de globalização. Estou falando de um sentido de pertencimento que nos permite compartilhar algo que não tem a ver com mercadorias, nem com uma imaginária unificação pasteurizada. Em algum momento da vida nos perguntamos sobre decisões a serem tomadas, caminhos a seguir, por que nos comportamos de um modo e não de outro, qual o sentido de certas coisas inexplicáveis, como realizar os sonhos mais secretos: nessas perguntas estão afetos, medos, riscos, o inesperado, a beleza, o sagrado e a morte. No emaranhado desse conjunto volúvel de arranjos e desarranjos, descobertas e dúvidas que somos todos nós, parece que existe um lugar onde temos certeza de que queremos realizar alguma coisa que nos é própria, para imprimirmos nossa marca pessoal no mundo.

Os contos tradicionais se dirigem para esse lugar dentro de nós, acordando e aquecendo o impulso criador de transformações que existe em todas as pessoas.

Quando pensei em reunir alguns contos de mulheres neste livro, duas ideias me surgiram. Em primeiro lugar, tive a intenção de apresentar exemplos das diferenças e semelhanças que existem nas narrativas tradicionais. Escolhi contos de várias culturas do mundo, que, por mais distintos que sejam, falam de questões humanas fundamentais.

Em segundo lugar eu quis apresentar para um público de estudantes (e também para leitores de todas as idades, por que não?) heroínas encantadoras. O senso comum diz que nos contos maravilhosos em geral os heróis são príncipes. Histórias como *Branca de Neve*, *A bela adormecida* ou *Cinderela* já foram vulgarizadas ao extremo, e além do mais acabaram engavetadas com o rótulo de "histórias para crianças". A partir de um certo momento da História do Ocidente, do século XVII em diante, de fato houve uma tendência a assimilar as narrativas tradicionais à literatura infantil. No entanto, muitos desses relatos permanecem até hoje como um tesouro escondido, ao qual não têm acesso a maioria dos adultos e das crianças. Poucas pessoas sabem que escritores de várias épocas se maravilharam com esses contos e os reescreveram, às vezes citando as fontes, às vezes não.

As personagens femininas não são exceção no universo das narrativas tradicionais. Foi até muito difícil fazer uma seleção de contos para este livro, pois cada escolha implicava em abrir mão de outra história igualmente maravilhosa. Era preciso determinar um critério claro que direcionasse a decisão do que caberia ou não na coletânea final. Antes de mais nada, parti de um ensinamento valioso, que sempre está presente para mim: aprendi que nos contos tradicionais os personagens não são pessoas, mas expressam qualidades e possibilidades humanas de desenvolvimento.

A escolha dos contos aqui reunidos deve-se ao que acredito ser um princípio feminino que dá vida a todos eles. Quer dizer, existem certas qualidades que podem ser consideradas femininas, presentes e manifestas não apenas nas pessoas, mulheres ou homens, mas também nos espaços, objetos, formas da natureza, modos de agir e perceber a realidade. São atributos como: receptividade, eloquência, sensibilidade, paciência, fecundidade, espera, concavidade, leveza, maciez, umidade, calor e proteção. Em imagens, eu poderia dizer: lago e não rio, gruta e não planície, terra e não chuva, cheio de atalhos e não direto.

Vistas desse modo, não são qualidades das mulheres, mas sim aspectos que manifestam o princípio vital chamado de "feminino".

Por isso esses contos aqui reunidos não apresentam mulheres exemplares, mas modos de funcionamento da intuição, do pensamento, da percepção e da sensibilidade atuando nas diversas manifestações do princípio feminino. Nesse sentido podem tornar-se experiências de aprendizagem para qualquer pessoa.

Como bons contos tradicionais, estas narrativas de mulheres sábias não explicam nada, e é justamente seu caráter surpreendente e misterioso que as torna tão preciosas para mim. Eu me lembro de ter lido uma vez — no livro *Sonhos de transgressão*, que é de uma autora marroquina chamada Fátima Mernissi — uma passagem que expressa o que seria para mim o espírito feminino essencial deste conjunto de contos.

O livro em questão é um relato das memórias de infância da escritora num harém no Marrocos. Ela conta que, quando uma das mulheres se sentia angustiada, o mal que a afligia podia ser chamado de *mushkil* ou *hem*. A mulher com *mushkil* tinha um problema definido, sabia o motivo do seu sofrimento. Mas se ela tivesse *hem*, não sabia por que estava sofrendo, era uma aflição estranha, uma espécie de depressão de origem desconhecida. Nesse caso ela subia até o terraço mais alto do harém e ficava em silêncio, contemplando a cidade lá de cima. Ela sabia que só a quietude e a beleza poderiam curar o mal de *hem*. Mais do que isso, quando percebiam que alguma delas sofria do mal de *hem*, as mulheres do harém esperavam que ela voltasse do terraço e a envolviam com muita *hanan*, quer dizer, uma ternura "ilimitada e irrestrita".

"A quietude e a beleza da natureza, acompanhadas de ternura, são os únicos remédios que fazem efeito com esse tipo de doença", conta Fátima em seu livro.

Que a sabedoria singela e ancestral dessa ilimitada e irrestrita ternura possa guiar cada leitura desses contos.

O VIOLINO CIGANO

Uma fábula sobre a fábula
(conto árabe)

Encontrei esta história num livro do Malba Tahan, chamado Minha vida querida. *Para quem não sabe, Malba Tahan (1895-1974) é um dos nossos maiores contadores de histórias. Ele escreveu mais de cem livros sobre assuntos diversos, muitos de lendas e contos orientais. Sua própria vida até hoje está envolvida pelo mistério que povoa as narrativas tradicionais. Para começar, seu nome verdadeiro era Júlio César de Mello e Souza, e ele era brasileiro. Malba Tahan foi um personagem árabe inventado por ele, com local de nascimento, história pessoal e tudo. É esse personagem que assina quase todos os seus livros, e muita gente ainda pensa que ele existiu de verdade. Seu livro mais conhecido e traduzido em muitos outros países é* O homem que calculava, *fantástica contribuição à educação brasileira, embora tantos professores ainda não tenham percebido sua verdadeira importância. Mello e Souza era professor de matemática, e nesse livro fala dos principais conhecimentos matemáticos por meio de histórias fabulosas. Já na década de 1930 ele conseguiu unir arte e ciência num livro para estudantes, coisa que ainda hoje em dia é muito difícil de se fazer.*

Esse fascínio que o professor Mello e Souza tinha pelos árabes e pela cultura oriental está impregnado nos seus textos, e às vezes não sabemos quais histórias ele inventou e quais apenas reescreveu a partir de suas pesquisas. A que apresento neste livro ele leu em algum lugar, já que abaixo do título está escrito "lenda oriental", entre parênteses. Aliás, conheço uma versão judaica muito parecida. Desde que descobri esse conto, toda vez que o narro alguém me pede uma cópia, e assim ele foi distribuído para muita gente, até fora do Brasil. Um professor espanhol o tem narrado na abertura de suas conferências em várias partes do mundo. Uma atriz do Rio de Janeiro, que também me ouviu contá-lo, resolveu incluí-lo em seu show de histórias. Em São Paulo, conheço uma contadora de histórias que sempre inicia suas narrações de um modo que ela inventou a partir do começo desse conto. Ela diz assim:

"Allah Hu Akbar! Allah Hu Akbar!

Essa história vai começar!"

Por falar nisso, essa invocação que introduz a história não está escrita de maneira correta no livro do professor, embora Malba Tahan mostre conhecimento da língua árabe nas inúmeras citações que aparecem em toda sua obra. A grafia certa de "Allahur Akbar!" *(que ele traduz como* "Deus é grande!") *é* "Allah Hu Akbar!" *(e a tradução é* "Deus é o maior!"). *Mas isso não tem a menor importância diante da beleza da história, que vou começar do mesmo modo como ela está em Malba Tahan.*

*A*llah Hu Akbar! Allah Hu Akbar!

Deus criou a mulher e junto com ela criou a fantasia. Foi assim que uma vez a Verdade desejou conhecer um palácio por dentro e escolheu o mais suntuoso de todos, onde vivia o grande sultão Haroun Al-Raschid. Vestiu seu corpo apenas com um véu transparente e pouco depois chegou à porta do magnífico palácio. Assim que o guarda apareceu e viu aquela bela mulher sem nenhuma roupa, ficou desconcertado e perguntou quem ela era. E a Verdade respondeu com firmeza:

— Eu sou a Verdade e desejo encontrar-me com seu senhor, o sultão Haroun Al-Raschid.

O guarda entrou e foi falar com o grão-vizir. Inclinando-se diante dele, disse:

— Senhor, lá fora está uma mulher pedindo para falar com nosso sultão, mas ela só traz um véu completamente transparente cobrindo seu corpo.

— Quem é essa mulher? — perguntou o grão-vizir com viva curiosidade.

— Ela disse que se chama Verdade, senhor — respondeu o guarda.

O grão-vizir arregalou os olhos e quase gaguejou:

— O quê? A Verdade em nosso palácio? De jeito nenhum, isso eu não posso permitir. Imagine o que ia ser de mim e de todos aqui se a Verdade aparecesse diante de nós? Estaríamos todos perdidos, sem exceção. Pode mandar essa mulher embora, imediatamente.

O guarda voltou e transmitiu à Verdade a resposta do seu superior. A Verdade teve que ir embora, muito triste.

Acontece que...

Deus criou a mulher e junto com ela criou a teimosia. A Verdade não se deu por vencida e foi procurar roupas para vestir. Cobriu-se dos pés à cabeça com peles grosseiras, deixando apenas o rosto de fora e foi direto, é claro, para o palácio do sultão Haroun Al-Raschid.

Quando o chefe da guarda abriu a porta e encontrou aquela mulher tão horrivelmente vestida, perguntou seu nome e o que ela queria.

Com voz severa ela respondeu:

— Sou a Acusação e exijo uma audiência com o grande senhor deste palácio.

Lá se foi o guarda falar com o grão-vizir e, ajoelhando-se diante dele, disse:

— Senhor, uma estranha mulher envolvida em vestes malcheirosas deseja falar com nosso sultão.

— Como é que ela se chama? — perguntou o grão-vizir.

— O nome dela é Acusação, Excelência.

O grão-vizir começou a tremer, morto de medo:

— Nem pensar. Já imaginou o que seria de mim, de todos aqui, se a Acusação entrasse nesse palácio? Estaríamos todos perdidos, sem exceção. Mande essa mulher embora imediatamente.

Outra vez a Verdade virou as costas e se foi tristemente pelo caminho. Ainda dessa vez ela não se deu por vencida.

E isso porque...

Deus criou a mulher e junto com ela criou o capricho.

A Verdade buscou pelo mundo as vestes mais lindas que pôde encontrar: veludos e brocados, bordados com fios de todas as cores do arco-íris. Enfeitou-se com magníficos colares de pedras preciosas, anéis, brincos e pulseiras do mais fino ouro e perfumou-se com essência de rosas. Cobriu o rosto com um véu bordado de fios de seda dourados e prateados e voltou, é claro, ao palácio do sultão Haroun Al-Raschid.

Quando o chefe da guarda viu aquela mulher deslumbrante como a Lua, perguntou quem ela era.

E ela respondeu, com voz doce e melodiosa:

— Eu sou a Fábula e gostaria muito de encontrar-me, se possível, com o sultão deste palácio.

O chefe da guarda foi correndo falar com o grão-vizir, até esqueceu de ajoelhar-se diante dele e foi logo dizendo:

— Senhor, está lá fora uma mulher tão linda, mas tão linda, que mais parece uma rainha. Ela deseja falar com nosso sultão.

Os olhos do grão-vizir brilharam:

— Como é que ela se chama?

— Se entendi bem, senhor, o nome dela é Fábula.

— O quê? — disse o grão-vizir, completamente encantado. — A Fábula quer entrar em nosso palácio? Mas que grande notícia! Para que ela seja recebida como merece, ordeno que cem escravas a esperem com presentes magníficos, flores perfumadas, danças e músicas festivas.

As portas do grande palácio de Bagdá se abriram graciosamente, e por elas finalmente a bela andarilha foi convidada a passar.

Foi desse modo que a Verdade, vestida de Fábula, conseguiu conhecer um grande palácio e encontrar-se com Haroun Al-Raschid, o mais fabuloso sultão de todos os tempos.

Flor no cabelo
(conto tibetano)

Desde a primeira vez em que li este conto fiquei encantada com a riqueza de detalhes e com a inventividade desta construção narrativa. Sempre considerei os contos tradicionais como obras de arte de tempos imemoriais, e esta história é um excelente exemplo do poder criador humano de autoria desconhecida. Encontrei-a em uma coleção originalmente produzida na antiga Tchecoslováquia e depois traduzida e editada na França. São inúmeros livros grandes, de capa dura, cada um deles ilustrado por um artista diferente. Os títulos reúnem histórias por culturas ou por outros temas (como, por exemplo, "lendas do Sol, da Lua e das estrelas"). Foi num desses livros, chamado Contos do Tibet [Contes du Tibet], que encontrei esta história. Ela chegou às minhas mãos por meio da tradução francesa dessa edição, num longínquo dia de maio de 1986.

Losang era um jovem que vivia com seu pai perto de um grande rio chamado Tzangpo. Com o pai caçador havia aprendido desde menino a manejar o arco e a flecha com agilidade impressionante. Ele era forte, não tinha medo de nada e, como se não bastasse, era tão belo que não havia uma jovem no povoado que não desejasse ser sua mulher. Ele não ligava para nenhuma delas. Até que um dia aconteceu uma coisa surpreendente: Losang tinha voltado de uma caçada e deitou-se à beira do rio, como sempre fazia. Seus pensamentos corriam para longe, embalados pelo murmúrio incessante das águas; era como se ele mesmo fosse parte do rio. Mas naquele dia apareceu alguém na outra margem. Era uma jovem que vinha caminhando com passos leves, carregando um balde de madeira. Nos cabelos negros e compridos ela trazia uma flor de laranjeira, luminosamente branca. À beira do rio, ela se inclinou para encher o balde de água, depois riu para Losang e sem mais nem menos começou a falar:

— Nossa, que rapaz mais preguiçoso! Fica aí deitado, com a cabeça nas nuvens, sem desconfiar que a felicidade o espera, longe daqui.

Na outra margem, Losang escutou aquelas palavras. Armou o arco e atirou uma flecha que atingiu o balde bem no meio. A água começou a escorrer pelo buraco e a jovem gritou para ele, muito brava:

— Mas isso é coisa que se faça? No seu lugar eu não me orgulharia nem um pouco de ter acertado no balde. Existem coisas muito mais difíceis de fazer. Por exemplo: montar o cavalo de sete esporas do seu pai. Se conseguisse domar esse cavalo, aí sim poderia se vangloriar.

Em seguida ela se virou e foi embora pelo caminho. Assim que ela desapareceu entre as montanhas altas, Losang voltou para casa e foi procurar seu pai para perguntar sobre o tal cavalo, do qual ele nunca tinha ouvido falar. O pai a princípio não queria responder, mas depois disse muito preocupado:

— Esse cavalo é perigoso demais, seria arriscado aproximar-se dele. Eu mesmo nunca consegui montá-lo, por isso achei melhor que você não soubesse de sua existência. Mas talvez seja a hora de você passar por essa prova. Se tiver certeza de que é isso mesmo que quer, então vá até as montanhas cinzentas e atravesse três picos e três vales.

Quando chegar a um monte cheio de pedras amarelas, procure uma bacia de água. Se ela estiver vazia, desça até o vale e lá encontrará o cavalo. Boa sorte, eu estarei aqui esperando por você, meu filho.

Losang fez como o pai havia indicado e finalmente encontrou o lugar onde havia uma bacia sem água. Desceu o monte e viu um enorme cavalo, com a crina até o chão, parado perto do lago. Ele não teve tempo de pensar nem fazer nada, pois o cavalo já vinha em disparada na sua direção. Ele se encostou no rochedo e o cavalo passou como um raio, deixando um rastro de poeira seca. Losang sabia que seria impossível montá-lo do modo como sempre fazia, então teve uma ideia: subiu num pinheiro e esperou o cavalo passar embaixo. No exato instante em que o animal se aproximou do galho em que ele estava, Losang pulou sobre ele e agarrou-se com todas as suas forças à crina do animal. Por mais que o cavalo pulasse e sacudisse a crina violentamente, Losang não desgrudou as mãos. Um dia inteiro galoparam como loucos, numa luta sem trégua. Quando o sol se pôs no horizonte o cavalo cedeu, acalmou-se como por encanto e passou a obedecer ao cavaleiro que o havia conquistado. Losang voltou para casa montado no seu cavalo, e quando passava pela margem do rio Tzangpo ele viu outra vez a jovem com a flor de laranjeira nos cabelos, mergulhando o balde na água. Novamente ele atirou sua flecha certeira, furando o balde, e a água escapou toda. Furiosa, a jovem disse:

— Não acho grande coisa conseguir montar esse cavalo. Muito mais difícil é alcançar um outro rio que fica a duas mil milhas daqui. Lá mora a bela Boumo, que até hoje nenhum homem foi capaz de conquistar. Mas você nunca vai conseguir chegar lá, porque fica perdendo seu tempo demonstrando habilidades inúteis, atirando flechas em baldes...

Logo ela já havia sumido entre as montanhas altas, enquanto Losang se sentia completamente desajeitado em cima do seu enorme cavalo.

Por mais que o pai o tivesse recebido com a maior alegria e o elogiasse pela sua bravura, Losang não conseguia deixar de pensar na bela Boumo. Por mais que parecesse absurdo, ele tinha certeza de que precisava partir e ir ao seu encontro, ainda que nada soubesse dela. O pai tentou desencorajá-lo, o caminho era cheio de perigos e ameaças, no povoado havia muitas jovens bonitas que poderiam fazê-lo muito feliz, ele dizia. Mas não adiantou. Losang se foi no dia seguinte, montado no seu cavalo gigantesco. Atravessou o rio e seguiu pelo caminho na direção das montanhas altas, mas quando ele chegou lá o chão parecia se mover sob as patas do cavalo. E logo ele percebeu que aquilo não era chão coisa nenhuma: ele estava na verdade cavalgando sobre as costas de um enorme dragão de argila. Mais adiante estavam 38 jovens de mãos dadas, gritando por socorro. Losang atirou uma flecha na cabeça do dragão, e o sangue negro que esguichou da ferida atingiu seu peito com tanta força que o derrubou. Losang desmaiou e as jovens o cercaram. A mais jovem delas foi até a cabeça do dragão morto e arrancou da sua testa uma pérola luminosa. Com todo cuidado, ajoelhou-se diante de Losang e colocou a pérola sobre seu peito, pressionando-a levemente. Losang acordou e viu todos aqueles lindos rostos sorridentes debruçados sobre ele.

— Muito bem — disse uma das jovens —, estamos muito agradecidas por ter-nos salvo do dragão. Queremos que você escolha uma de nós para ser sua mulher.

— Isso não é possível — respondeu Losang. — Estou viajando para encontrar a bela Boumo e é com ela que vou me casar.

Mas elas tanto insistiram que ele resolveu escolher a mais jovem delas para acompanhá-lo. Ele tinha a impressão de que a conhecia de algum lugar.

Antes de partirem receberam um presente para a viagem. As jovens moldaram com a argila do chão um cavalo perfeito envolvendo a pérola luminosa. E quando ele ficou pronto, com o sopro do vento transformou-se num cavalo de verdade, imponente, mágico. A jovem escolhida o montou e despediu-se das companheiras.

No caminho Losang lhe disse:

— Quando chegarmos ao meu destino, tenho certeza de que você vai encontrar um moço para se casar. Quanto a mim, não penso em ninguém mais a não ser em Boumo.

Depois de um bom tempo de viagem, os dois chegaram à beira de um rio impetuoso. Passando sobre um tronco de árvore estendido acima do rio eles puderam alcançar a outra margem, onde havia uma gruta escura. Na entrada da gruta estava uma menina amarrada a uma pedra pelos pulsos e pelo pescoço. Ela contou que lá dentro da gruta moravam oito monstros terríveis e que ela era sua prisioneira. Quando dormiam, eles a amarravam para que ela não fugisse. Depois ela revelou a Losang que atrás da gruta estava enterrado um machado, o único instrumento que poderia matar os monstros. Losang foi buscá-lo, entrou na gruta e matou sete monstros cortando a cabeça deles, um por um. Mas o oitavo surgiu de repente na escuridão da gruta e agarrou Losang por trás, imobilizando-o. Quando o monstro estava prestes a matar o rapaz, a jovem que tinha ficado lá fora soltando as amarras da menina entrou na gruta com uma barra de ferro na mão e bateu na cabeça do monstro, derrubando-o. Losang pegou o machado e o matou. E lá estavam os três, Losang e as duas companheiras, com pressa de deixar aquele lugar horroroso. A menina, muito agradecida, deu de presente a Losang uma bolsinha cheia de ervas. Ficou combinado que a jovem acompanharia a menina até sua aldeia e elas iriam montadas no cavalo de Losang, que era suficientemente grande para levar as duas. Enquanto isso Losang seguiria no cavalo mágico e esperaria pela jovem no alto da colina. E assim ele fez, porém a jovem não chegava nunca, o tempo foi passando e começou a chover. O cavalo mágico foi se desmanchando na chuva, foi diminuindo até que sumiu de vez, ficando no seu lugar só a pérola luminosa que estava dentro dele. Depois de esperar muito, Losang guardou a pérola no bolso e continuou a pé pelo caminho, com o machado preso à cintura. Uma nuvem de insetos ferozes surgiu de repente sobre ele. Losang se lembrou da bolsa de ervas que tinha dependurada no pescoço, e foi o que o salvou. Esfregando as ervas pelo corpo espantou os insetos, que desapareceram num instante. Logo depois a jovem companheira da viagem apareceu montada no cavalo de Losang.

— Ainda está em tempo — ela disse. — Você nem sabe como é essa tal de Boumo, por que não desiste dela e se casa comigo?

Losang sorriu e não disse nada. Pela cara dele, a jovem percebeu que não adiantava insistir. Continuaram em silêncio pela estrada tortuosa ladeada de árvores floridas até que entraram em um vale muito verde, de onde se avistava uma aldeia ao pé de uma imponente montanha. Era a aldeia da bela Boumo. Para se chegar lá era preciso atravessar o último rio da viagem, um rio largo e misterioso.

— Chegamos — disse a jovem. — Daqui para a frente você segue sozinho. Está vendo essas casinhas do lado de cá do rio? Ali moram umas pessoas que conheço, vou ficar com elas enquanto você encontra a bela Boumo. Pode me esperar, vejo você no seu casamento.

Ela saltou do cavalo e despediu-se de Losang.

Algum tempo depois ele chegou à aldeia e, depois de perguntar por Boumo, foi conduzido à casa de seu pai, que se chamava Norbu. Não era um homem amável e amistoso. Com poucas e ríspidas palavras, disse que Losang precisava provar que valia alguma coisa antes de ter permissão para casar com sua filha.

— Estou disposto a qualquer coisa — disse Losang. — Não foi fácil chegar até aqui e saiba que não vou desistir da bela Boumo por nada neste mundo.

— Muito bem, então podemos começar agora mesmo — retrucou Norbu. — Venha comigo.

No pátio da casa estava um cavalo castanho. Na sua sela Norbu prendeu uma moedinha de cobre que tinha um furo no meio. Depois ele deu um tapa no lombo do animal, que saiu a galope.

— Agora você tem que atirar uma flecha e acertar bem no buraco da moeda — ele disse em tom desafiador.

Losang pulou no seu cavalo e armou o arco num segundo. A flecha foi zunindo, mais rápida que o vento. Quando o cavalo de Norbu voltou para o pátio, ele examinou a sela e lá estava a flecha de Losang, fincada exatamente no buraco da moeda.

— Razoável — disse Norbu. — Você teve sorte desta vez, nao sei se continuará tendo. Mas é melhor continuarmos amanhã, já é quase noite.

Eles voltaram para a casa de Norbu, que mostrou a Losang o quarto onde ele iria dormir. Abriu a porta e, quando Losang entrou, fechou-a rapidamente e trancou o jovem lá dentro. Estava uma escuridão total, e Losang lembrou-se da pérola luminosa que trazia no bolso. Assim que a colocou na palma da mão o quarto se iluminou. E ele viu que estava rodeado de mosquitos e outros insetos, no chão, no teto, nas paredes. Dessa vez ele não teve o mínimo sobressalto, afinal era um problema que ele sabia muito bem como resolver. Com muita calma pegou as ervas dentro da bolsa que havia ganho da menina da gruta e esfregou-as no corpo. Na manhã seguinte, quando Norbu veio abrir a porta, ficou muito surpreso. Na cama, Losang dormia tranquilamente e pelo chão havia milhares de insetos mortos.

Norbu não conseguiu dizer nenhuma palavra sobre o que havia acontecido. Disse apenas, secamente, que faltava uma última prova.

Eles saíram da casa e foram até um lugar onde uma pequena multidão estava reunida. Losang passou entre as pessoas, até que viu no meio delas um círculo de fogo. E nesse instante ele se sentiu paralisado ao perceber que, num estrado de madeira colocado bem no alto da fogueira que queimava no meio do círculo, estava uma jovem, com uma flor de laranjeira nos longos cabelos negros.

As pessoas gritavam:

— Grande herói, atravesse o fogo e salve Boumo.

Em um segundo ele se deu conta de que Boumo era a jovem que ele tinha visto carregando o balde, e era também aquela que tinha pressionado a pérola sobre seu peito e o havia acompanhado na viagem. Em menos tempo do que seria possível contar, ele pegou o machado mágico que trazia preso à cintura e foi cortando os troncos de madeira, abrindo caminho no meio do fogo até chegar aonde estava a jovem e conseguir trazê-la nos braços para fora do anel de chamas.

Não teve jeito. Norbu foi obrigado a reconhecer que Losang era mais do que digno de casar com sua filha e não havia nada que ele pudesse fazer para impedi-lo.

Assim que pôde ficar sozinho com a bela Boumo, Losang perguntou-lhe:

— Por que você não me disse logo quem era, quando me viu perto do rio e depois quando a salvei do dragão?

— Bem, é que eu já tinha ouvido falar de você e quis conhecê-lo melhor — ela respondeu com uma voz muito doce. — E depois, eu não acharia a menor graça em casar com um homem que pensasse que a maior proeza para conquistar uma jovem fosse furar um balde com uma flecha.

Quando Losang voltou para casa com Boumo, montado no seu cavalo gigantesco, um sol magnífico iluminava o caminho durante o dia. À noite, era uma estrela brilhante que os guiava na direção da mais completa felicidade.

Oochigeaskw
Uma "Cinderela" algonquin
(conto das Primeiras Nações da América do Norte)

Talvez tenha parecido estranha a indicação da origem dessa história — Conto das Primeiras Nações da América do Norte. O termo Primeiras Nações foi proposto pelos próprios grupos indígenas do Canadá, que assim se autodenominaram a partir dos últimos vinte anos do século XX, designação que se estendeu depois para os povos dos Estados Unidos. Foi uma conquista importante desses povos, porque ao serem chamados de primeiras nações a ocuparem aqueles territórios, lhes é assegurado um lugar histórico de precedência e importância com relação à civilização branca.

O povo algonquin estende-se pela costa oeste da América do Norte, que vai de Vancouver, no Canadá, até a Califórnia, nos Estados Unidos, reunindo diversos grupos que falam a mesma língua.

A história de Cinderela é contada de modos diversos, em várias partes do mundo. Para a nossa imaginação ocidental contemporânea, fica difícil dissociá-la da versão cinematográfica de Walt Disney, com aquela carruagem em forma de abóbora, as fadinhas gordinhas, os ratinhos etc. Quero contar uma outra história da Cinderela que encontrei num livro chamado Contos do mundo [World tales], *de Idries Shah. Nesse livro fiquei sabendo que uma pesquisadora inglesa recolheu 345 versões dessa história, e que com certeza existem ainda muitas outras, entre elas uma vietnamita, uma chinesa e uma celta. Esta "Cinderela" algonquin é especialmente encantadora.*

A tribo Mic Mac, que fazia parte do grande grupo dos índios algon-
quins orientais, vivia numa aldeia à beira de um lago profundo.
Nessa aldeia havia um homem viúvo com suas três filhas. A mais velha era vaidosa e impaciente; a segunda, preguiçosa e rabugenta; e a
terceira era humilde e de bom coração. Ela era pequena e quase sempre estava doente. Mas isso não parecia impedir que as irmãs, principalmente a mais velha, a maltratassem o tempo todo. Elas a obrigavam
a fazer os serviços pesados, a cuidar constantemente do fogo dentro da
tenda. Muitas vezes a mais velha queimava suas mãos e pés com cinzas
muito quentes, e ela ficou com tantas cicatrizes no rosto e no corpo
que foi chamada de Oochigeaskw, "a menina do rosto marcado".

Quando o velho pai voltava do trabalho e via a filha naquele estado, toda queimada, ele perguntava o que havia acontecido. Era a mais
velha que respondia:

— Meu pai, ela não obedece às minhas ordens. Faz as coisas de
modo tão estabanado que acaba caindo dentro do fogo, por simples falta de atenção.

O pai acreditava, Oochigeaskw não dizia nada e tudo continuava
como sempre: as irmãs seguiam tratando a pobre jovem com grande
crueldade.

Bem na fronteira dessa aldeia havia uma tenda um pouco afasta-
da das outras. Nela viviam dois irmãos, um rapaz e uma moça, que não
chamariam a atenção de ninguém se não fosse por um detalhe muito
especial: o irmão era invisível aos olhos de toda a gente, menos aos
olhos da irmã, que cuidava dele. Mas todos naquele lugar sabiam que
se um dia alguma jovem fosse capaz de vê-lo, ela se casaria com ele.
Uma grande curiosidade levava as jovens da aldeia ao encontro do ser
misterioso, e havia uma prova a que todas se submetiam de bom grado, para tentarem a sorte e quem sabe realizarem o sonho quase impossível de se casarem com ele.

Era assim que a prova acontecia: no final da tarde, todos os dias, o
ser invisível costumava voltar para casa. A jovem que quisesse se can-
didatar a enxergá-lo ia ao encontro da irmã dele, que a esperava à beira do lago quando o dia terminava. As duas passeavam pela margem

do lago conversando coisas triviais até que num momento, quando a irmã via o irmão entrando na aldeia, ela parava, olhando na sua direção, e dizia para a jovem que a acompanhava:

— Você está vendo meu irmão vindo ao nosso encontro?

A maioria das jovens respondia imediatamente que sim. Só algumas, bem poucas, tinham a coragem de dizer a verdade, que não estavam vendo nada. Não se sabe se as que respondiam que sim estavam mentindo de propósito ou se estavam tão ansiosas para vê-lo que de fato acreditavam no que estavam dizendo. De qualquer modo, quando ouvia uma resposta afirmativa, a irmã continuava com a prova:

— Então, já que pode enxergá-lo, diga-me do que é feita a correia que está presa no seu ombro, ou então me diga com o que ele puxa seu trenó.

Como não podiam saber, as jovens tentavam adivinhar, arriscando uma resposta qualquer. Quem sabe daria certo?

— É uma faixa de couro cru que ele traz no ombro — elas inventavam.

— Seu trenó é puxado por um galho de árvore, bem verde e flexível — inventavam algumas.

A irmã sempre percebia que a jovem não tinha falado a verdade, mas não fazia nenhum comentário e a convidava para acompanhá-la até a tenda onde morava com seu irmão.

Assim que entravam, ela mostrava um certo lugar dizendo que a jovem não poderia sentar-se ali de jeito nenhum, porque era o lugar que pertencia ao ser invisível. Depois, elas preparavam juntas a comida e se dirigiam para o local da refeição. A jovem visitante ficava com os olhos arregalados, cheia de curiosidade, afinal ela sabia que o ser invisível estava ali, bem perto, pois quando ele chegava tirava seus mocassins, que ficavam imediatamente visíveis. A jovem percebia que a irmã os pegava do chão e os pendurava na parede da tenda. Enquanto comiam em silêncio, a irmã servia o irmão, que sem dúvida estava ao seu lado porque a comida ia desaparecendo pouco a pouco. Por mais que se esforçasse, a pobre jovem não distinguia nem sequer um vulto, nada. Finalmente, quando ela via a irmã inclinando-se diante do vazio, desejando boa-noite ao irmão, ela se despedia tristemente e voltava para casa. Uma a uma, todas as jovens chegavam em suas tendas de cabeça baixa, em geral não comentavam nada e depois de algum tempo se esqueciam do acontecido.

Certo dia, as duas irmãs mais velhas de Oochigeaskw resolveram ir juntas até a beira do lago, para tentar ver o ser invisível. Não quiseram que a caçula fosse com elas e lhe deram serviço dobrado para fazer enquanto estivessem fora. Não paravam de falar nem um minuto durante o tempo em que se enfeitavam, exageradamente, com tudo o que tinham de mais bonito. Elas combinaram que não iam desistir por nada neste mundo e que, se uma não acertasse, a outra daria uma resposta diferente, fosse o que fosse. E, além disso, cada uma delas tinha a esperança secreta de que, mesmo que não o vissem, o ser invisível se deixaria seduzir pela beleza delas. Pensavam que, sem poder resistir, ele se revelaria, espontaneamente, apaixonado.

Assim elas sonhavam pelo caminho, mas na realidade não foi nada disso que aconteceu. As respostas que deram foram as mesmas das outras moças — uma tira de couro cru, um ramo verde e flexível —, elas nem conseguiram inventar umas coisas diferentes, tamanha era sua ansiedade. E, por fim, voltaram à noite para casa sem ter conseguido nada, tal como as outras.

No dia seguinte o pai delas chegou do trabalho com uma porção de conchinhas muito bonitas, e as irmãs mais velhas pegaram todas para elas. Enquanto isso, Oochigeaskw pediu ao pai que lhe desse um par velho de mocassins e os colocou de molho na água, para que ficassem mais macios e ela pudesse calçá-los. Ela tinha decidido ir à beira do lago no dia seguinte, tentar a sorte, e precisava preparar-se.

Sempre andara descalça e suas roupas eram esfarrapadas e velhas. Não podia ir ao encontro do ser invisível daquele jeito. Ela saiu da tenda e foi até a floresta. Andou e andou até encontrar uma árvore de bétula, arrancou algumas lascas de sua casca e com elas fez um vestido. Chegando em casa pediu que as irmãs lhe dessem umas conchinhas. A mais velha não quis dar e ainda brigou com ela, mas a segunda ficou com pena e lhe ofereceu algumas das conchinhas, que a jovem usou para enfeitar o estranho vestido, segundo o estilo aprendido com seus ancestrais.

Quando achou que estava na hora, ela calçou os velhos mocassins do pai, vestiu a roupa que tinha feito e saiu, acompanhada pelos gritos das irmãs, que queriam impedi-la de ir.

— Mas isso não tem nenhum cabimento — elas vociferavam. — Nós, que tínhamos todas as condições para vencer, voltamos de mãos abanando. Como você ousa achar que vai ter mais sorte do que nós? Ridícula assim como está, nem vai ser recebida pela irmã dele.

De fato, a pobre Oochigeaskw parecia quase uma assombração andando na direção do lago. A enorme roupa que a envolvia, o rosto cheio de cicatrizes, os mocassins muito maiores que seus pés lhe davam uma aparência terrivelmente feia.

Mas parece que a irmã do ser invisível não se importou nem um pouco com isso, porque a recebeu com um sorriso muito amável. É que ela enxergava por dentro da aparência das coisas, muito além do que viam as pessoas comuns. Juntas foram caminhando à beira do lago, que naquele momento refletia o céu como um espelho cristalino.

— Você pode ver meu irmão chegando? — ela perguntou bem baixinho.

— Posso, e ele é deslumbrante — respondeu Oochigeaskw.

— Pode me dizer do que é feita a corda do seu trenó?

— Do arco-íris.

— E a corda do seu arco?

— São as estrelas da Via Láctea, o espírito do caminho — murmurou a jovem, completamente maravilhada.

— Eu sabia desde o início que você o veria — disse a irmã muito feliz. — Vamos para casa esperá-lo.

Assim que entraram na tenda, a irmã preparou um banho com raízes perfumadas para Oochigeaskw. Enquanto jogava água morna sobre seu corpo com uma cuia, as cicatrizes iam desaparecendo, e seu cabelo crescia devagar e ficava brilhante como a cauda de um pássaro negro. A irmã penteou-a, enfeitando-lhe o cabelo com pequenas contas coloridas. Seu rosto era então macio como uma pétala de flor, seus olhos brilhavam como duas estrelas. A irmã foi até um canto da tenda, onde guardava o que tinha de mais precioso, e trouxe um belo vestido de casamento, bordado de conchinhas dispostas em desenhos como faziam os antepassados. Quando Oochigeaskw o vestiu, a irmã olhou-a por um momento em silêncio e depois riu, satisfeita. Nunca naquela aldeia havia existido uma jovem tão bela.

Ela mostrou-lhe o lugar onde iriam comer e disse-lhe que ela deveria se sentar ao lado do ser invisível, no lugar reservado para aquela que se tornaria sua mulher.

Quando o irmão entrou na tenda, espantosamente belo, tirou seus mocassins e, olhando a jovem que esperava por ele, disse:

— Nós já não nos vimos antes?

— Hoje mesmo no final da tarde — ela respondeu com os olhos brilhantes.

Desse dia em diante, Oochigeaskw, a jovem do rosto marcado, ficou para sempre na memória daquele povo como a mulher do ser invisível, aquela que soube ver.

Mais inteligente que o rei

(conto turquestano)

Esse é um daqueles contos que a gente encontra em coletâneas de diferentes culturas, com pequenas (ou às vezes grandes) variações, trazendo o mesmo padrão da jovem esperta. Existem exemplos em toda a Europa, na África, no mundo árabe, na Mongólia, nas Filipinas e na Índia de dois mil anos atrás. Quando estava preparando este livro descobri uma versão judaica no livro Os tesouros do folclore judaico, uma grande compilação de histórias, lendas, humor e sabedoria do povo judeu, traduzida para o português em 1953 no Rio de Janeiro. Lá o conto aparece com o título de "A filha do taberneiro" e é referido como pertencente ao folclore iídiche. Idries Shah comenta que, segundo a compreensão que se tem hoje, seria possível dizer que esse conto ilustra a utilização de um pensamento não linear.

A história aqui recontada parte de uma versão do Turquestão chamada "Os enigmas" e acaba com outra versão sérvia cujo título é "A jovem mais sábia que o czar". Um dia resolvi contar as duas juntas porque achei que assim a história ficava ainda melhor. Afinal, depois de ler e contar essa história de tantas formas, acabei inventando mais uma, o que não é nenhuma novidade. Isso não é o que todo contador de histórias faz, desde que o mundo existe?

Pamir era o nome daquela montanha que ficava na fronteira da China, perto do belo reino do Afeganistão. Já o nome do rei que vivia naquela montanha ninguém sabe mais como era. Só o que sabemos é que ele era muito justo, valente e generoso, e administrava com sabedoria as imensas riquezas de seu reino. Por isso, todo o povo estranhou quando um dia os arautos reais proclamavam nas esquinas, praças e mercados de todas as aldeias um anúncio que parecia incompreensível:

"Sua Majestade, nosso nobre e amado rei, ordena o que se segue: alguém deverá ir até o palácio, mas não poderá estar vestido nem sem roupa, não poderá chegar nem a cavalo nem a pé, e deverá dirigir a palavra ao rei estando nem dentro, nem fora do palácio. Se existir uma pessoa capaz de realizar tudo isso, o reino estará salvo."

Depois de ouvirem a proclamação, as pessoas comentavam diferentes tipos de coisas. Algumas pensavam que aquilo devia ser uma brincadeira de mau gosto, ou que era uma charada, ou até, quem sabe, que o rei tinha ficado louco.

Durante algum tempo, ninguém conseguiu entender nada daquelas palavras, até que o assunto foi quase esquecido.

Mas um dia, a filha de um camponês que vivia num lugar distante do reino ficou sabendo daquela ordem real e esperou o pai voltar para casa, tarde da noite, sentada na soleira da porta.

— Meu pai, amanhã devo ir ao palácio. Eu sei o que precisa ser feito para salvar nosso povo.

O pobre camponês ficou preocupado, mas a jovem o tranquilizou. Na manhã seguinte, despediu-se e tomou a estrada na direção da capital do reino. Dois dias depois, o rei estava nos seus aposentos quando ouviu um alvoroço lá fora e alguém que o chamava.

— Senhor grande rei, venha para fora do palácio, estou aqui para salvar o reino — dizia uma voz jovem de mulher, melodiosa e cheia de firmeza.

O rei desceu as escadarias e surgiu no pátio principal, na entrada do palácio. Ele viu uma jovem estendida no chão, atravessada no portão, tendo as pernas para fora e a cabeça e os braços para dentro.

— Aqui estou, majestade, e dirijo-lhe a palavra nem de dentro, nem de fora do palácio.

O rei aproximou-se e percebeu que ela tinha uma rede sobre o corpo, de tal forma que ela não vestia nenhuma roupa mas também seu corpo não estava nu, já que a rede o cobria.

— Mas como foi que você chegou até aqui? — perguntou o rei.

— Pois eu amarrei uma corda no pescoço de uma cabra da montanha e deixei que ela me conduzisse até a capital. Quando cheguei perto do palácio me deitei no chão segurando a corda e a cabra me arrastou até aqui. Assim, eu não vim nem a cavalo, nem a pé, e portanto cumpri as exigências da sua proclamação.

O rei ficou muito satisfeito e convidou a jovem camponesa a acompanhá-lo até a sala do trono.

— É preciso que você saiba — ele disse — que ainda há uma outra parte dessa história, que agora vou lhe revelar. Um terrível demônio apareceu no palácio já faz algum tempo e eu não tenho nenhum poder sobre ele. O demônio tem me atormentado de todas as formas, e à noite ele dorme no alto de uma árvore no jardim. Fiquei sem dormir inúmeras noites, parado diante da janela do meu quarto, pensando em como vencê-lo. Uma vez percebi que ele fala dormindo. Eu estava olhando sua monstruosa figura remexendo-se no meio dos galhos da árvore que lhe serve de abrigo, escutei claramente suas palavras. Ele disse que apenas uma pessoa que fosse capaz de realizar certas coisas estranhas, aquelas de que falei em minha proclamação, poderia salvar o reino de seu domínio. Ele não sabe que eu o escutei, e quando surgiu na sala do trono para ameaçar-me pela última vez, desafiou-me com alguns enigmas. Daqui a três dias ele vai voltar para saber as respostas. Se eu não conseguir descobri-las, estarei sob seu poder e ele dominará não só a mim, como ao reino inteiro, para sempre.

— Pois eu vim para ajudar. Quais são as perguntas? — disse a jovem camponesa.

— A primeira é assim: quantas estrelas existem no céu?

A jovem sorriu e respondeu:

— No céu existem exatamente tantas estrelas quantos fios de cabelo existem na cabeça de um demônio. Se ele duvidar, peça-lhe para ir contando cada estrela e, ao mesmo tempo, ir arrancando um por um os fios de sua cabeleira.

— A segunda é um enigma muito difícil — disse o rei, um tanto desanimado. — Preste atenção: o irmão é branco, a irmã é negra. A cada manhã, o irmão mata a irmã. A cada fim de tarde, a irmã mata o irmão. E os dois não morrem jamais.

— Só isso? — disse a jovem. — É muito fácil, esse demônio não é nada bom em enigmas. O irmão é o Sol e a irmã é a Lua.

O rei ficou muito espantado com a habilidade da jovem, e já estava bem mais aliviado quando contou o terceiro desafio, que era uma adivinha:

— O que é maior que Deus, pior que o diabo, que se uma pessoa viva comer, ela morre, e é o que a gente morta come?

— Nada — respondeu a jovem sem pestanejar.

— Como, nada? — perguntou o rei um tanto confuso. Ele não tinha conseguido ser tão rápido quanto a jovem.

— Majestade, nada é maior que Deus, nada é pior que o diabo, se uma pessoa comer nada ela morre, e gente morta come o quê? Nada.

O rei deu uma gargalhada, como há muito tempo não dava, e esperou tranquilamente a visita do demônio.

Quando ouviu as respostas do rei, o demônio ficou enfurecido.

— Mas você ainda não se livrou de mim — ele disse com uma voz trovejante. — Eu vou ficar no jardim do palácio até que apareça alguém que seja capaz de me matar. E isso é impossível, pois eu só poderei ser morto por alguém que não seja nem homem, nem animal, alguém que tente matar-me nem de dia, nem de noite, que me dê um presente que não seja um presente, que não esteja nem em jejum, nem comendo algo, e que cause a minha morte com uma coisa que não seja metal, ferro, corda, fogo, água nem pedra.

Depois ele saiu e foi dormir na árvore do jardim. Durante o sono ele delirava, falando coisas incompreensíveis.

Quando a jovem camponesa foi chamada pelo rei e soube da conversa com o demônio, ela permaneceu serena como sempre. Arregaçou as mangas e pediu ao rei que dormisse tranquilo aquela noite. No dia seguinte, ela iria até o jardim encontrar o demônio, pois precisava preparar-se, providenciar um pequeno detalhe muito simples.

Na hora do crepúsculo, lá estava ela bem embaixo da árvore onde ficava o demônio.

— Hora de acordar — ela gritou —, monstro, vampiro, gênio, demônio, seja lá o que você for. É bom você abrir os olhos, pelo menos vai morrer acordado. Agora é a hora do crepúsculo, nem de dia, nem de noite; e eu sou uma mulher, nem homem, nem animal. Também trouxe este presente para você.

A jovem estendeu-lhe as mãos fechadas e, quando ele foi pegar o presente, ela abriu as mãos e dentro havia um passarinho que voou antes que o demônio pudesse agarrá-lo.

— Mas você deve estar comendo, ou jejuando — disse o monstro.

— Nem uma coisa, nem outra — falou a jovem com um olhar divertido. — Estou mascando um pedacinho de casca de árvore.

O demônio deu um grito tão pavoroso que foi ouvido nas aldeias das redondezas. Em sua imensa fúria ele se desequilibrou e caiu lá de cima, da árvore. O barulho foi ensurdecedor, e a queda foi fatal.

Não foi espada, flecha, veneno, forca, fogo nem água que o matou. Morreu soterrado pelo peso de sua própria raiva.

Quando a jovem desviou o olhar daquela montanha disforme e destroçada no meio do jardim, ela levantou o rosto e viu o rei, radiante, parado diante dela.

— Ainda preciso lhe perguntar uma última coisa — ele disse. — Você é capaz de adivinhar no que estou pensando neste preciso momento?

— Eu gostaria que Vossa Majestade estivesse pensando em me convidar para ser sua rainha — disse a jovem, pela primeira vez enrubescendo diante do rei, pela primeira vez com os olhos baixos e a voz trêmula.

As festas que se seguiram foram as maiores que aquele reino jamais vira. A comemoração da morte do demônio, o casamento do rei com a jovem bela e inteligente, ocuparam a vida daquele povo por muitos e muitos dias.

Quando o rei e a rainha finalmente se encontraram a sós nos seus aposentos, a jovem retirou de um pequeno baú um pergaminho e o entregou ao marido.

— Eu tenho apenas um pedido a fazer, senhor meu rei. Que Vossa Majestade assine agora este documento, onde está escrito que, se algum dia eu for mandada embora deste palácio, possa levar comigo uma única coisa que vou escolher como o bem mais precioso para mim.

O rei assinou o papel sem dar a menor importância àquele pedido, afinal a última coisa em que ele pensava naquele momento era separar-se daquela jovem extraordinária.

O tempo foi passando e os dois governaram juntos aquele reino com grande sabedoria, sendo muito felizes. Mas os conselheiros reais tinham cada vez mais ciúmes da rainha, porque era sempre a sua palavra que o rei ouvia em primeiro lugar. Começaram a conspirar contra ela e tanto fizeram que conseguiram envenenar o coração do rei, contando-lhe uma porção de mentiras sobre a rainha.

Um dia, cego de desconfiança, o rei brigou muito com sua mulher e a expulsou do palácio.

— Está bem, rei meu senhor — disse a rainha sem alterar-se. — Amanhã eu vou embora, mas gostaria que pudéssemos nos despedir esta noite e que jantássemos juntos.

O rei consentiu, e durante o jantar a rainha encheu muitas vezes a taça dele de vinho, de tal modo que o sono tomou conta dele, antes mesmo que fosse para a cama.

No dia seguinte, quando o rei acordou com a luz do sol entrando pela janela, não sabia onde estava. Aquela não era sua cama, não eram as paredes de seu quarto. Ele arrancou as cobertas, sobressaltado.

— Que lugar é este? Como vim parar aqui?

A porta se abriu e a rainha entrou.

— Vossa Majestade se lembra daquele documento que assinou quando nos casamos? Pois segundo as palavras ali escritas, eu poderia levar comigo aquilo de que eu mais gostasse no palácio, caso fosse mandada embora. Então, ontem à noite, pedi que alguns servos o transportassem dentro da carruagem real até a casa de meu pai, no meio da floresta, e aqui o depositassem. Aquilo de que mais gosto no palácio, meu maior tesouro, é Vossa Majestade. Por isso eu o trouxe comigo para minha nova morada, e aqui está o pergaminho que torna legítimo o meu ato.

Quando o rei e a rainha voltaram juntos ao palácio naquele mesmo dia, chegaram abraçados dentro da carruagem, conversando sobre os filhos que queriam ter e sobre os filhos que seus filhos teriam, pensando que sua história jamais seria esquecida.

Carvões para a lareira do diabo
(conto irlandês)

Este conto faz parte de um grupo de narrativas a respeito de personagens que conseguem enganar o diabo. Um dos maiores folcloristas brasileiros, Luís da Câmara Cascudo, classificou os contos tradicionais brasileiros em doze grupos, sendo que um deles é o do "demônio logrado". Sob esse título reuniu "todos os contos ou disputas em versos em que o Demônio intervém, perde a aposta e é derrotado".

É interessante notar que histórias semelhantes compõem, por exemplo, a tradição popular da Rússia, ou o conjunto de contos das Mil e uma noites, e também podem ser encontradas na coleção dos Irmãos Grimm, ou em muitas compilações de folcloristas brasileiros, mas a figura do "mal" nem sempre é o diabo. Pode ser um feiticeiro, um gênio maligno (ver "O gênio do poço", p. 103) ou até mesmo pode aparecer como a figura da morte.

Existe um conto muito engraçado do Pedro Malasartes, conhecidíssimo herói popular brasileiro, em que ele engana o diabo de diversas formas, numa variante de um conto presente também em outras culturas europeias.

A história aqui relatada vem da Irlanda, onde existem muitos exemplos de narrativas populares de mulheres que vencem o demônio pela astúcia ou pela persistência. Nesse último caso, tornam-se tão insuportáveis que o diabo simplesmente desaparece só de ouvir o nome delas.

A escolha dessa história revela uma característica que aparece muito na cultura popular em todo o mundo, inclusive no Brasil: a denúncia satírica contra os poderosos. Na literatura de cordel e no teatro mamulengo do Nordeste brasileiro, assim como nas manifestações populares da Europa medieval, os personagens que figuram o poder são ridicularizados, vaiados e punidos. São apenas alguns exemplos, cuja origem remonta às coletâneas milenares da Índia, do Japão, da China, enfim, de todos os lugares do mundo onde há os que mandam e os que são obrigados a obedecer.

Era uma vez um homem muito, muito pobre. Ele tinha mulher e oito filhos para criar, trabalhava de sol a sol e ganhava uma miséria (isso quando conseguia que alguém precisasse do seus serviços, o que não acontecia com muita frequência). Às vezes passavam fome e, quando a situação piorou de uma maneira insuportável, ele saiu de casa desesperado. Andou muito e não encontrou nenhuma solução, até que topou com o diabo.

O homem não era muito instruído, mas sabia muito bem reconhecer a presença do tinhoso. Aquele cheiro de enxofre inconfundível, a famosa capa que mal escondia os pés em forma de cascos voltados para trás. Era ele, o demo, sem dúvida nenhuma.

O outro foi chegando, com a fala aveludada, foi convidando para tomar um trago, dizendo que a vida não era assim tão complicada, que tinha jeito pra tudo neste mundo. Depois, sem muitos rodeios, foi logo propondo:

— É muito simples, eu posso resolver seus problemas de uma vez por todas. É claro, com uma condição. Se você concordar em me vender sua alma, sua vida vai ficar uma maravilha.

Era tentação demais. Bastante oportuna, aliás, naquele momento tão difícil. O homem enrolou e desenrolou a barba, desconversou, perguntou se não tinha outro jeito, coisa e tal.

O diabo, na maior paciência, explicou e argumentou. O homem ficou meio ressabiado, mas afinal acabou aceitando.

Ele ganhou do diabo um tambor, que era para tocar quando tivesse necessidade. Era só pedir o que queria, e o danado providenciava no mesmo instante. O trato era que depois de vinte anos o diabo voltaria para buscá-lo. Enquanto isso ele podia aproveitar a vida como quisesse. Foi o que combinaram, e desse jeito aconteceu.

Só que o homem não contou nada para a mulher sobre seu pacto, e ela também não perguntou nada quando viu a sorte deles mudar da noite para o dia. Era dinheiro que não acabava mais, casa nova, fartura de comidas caras, viagens, exageros de presentes para os filhos, uma maravilha. O tempo foi passando, a vida danada de boa, melhor impossível.

Um dia o homem acordou com um pensamentozinho besta zumbindo na sua cabeça. Ele se lembrou que no trato que tinha feito havia um prazo. E não faltava muito para ele terminar. De tarde o pensamento tinha tomado conta dele todo, não parava mais de atormentar. No dia seguinte e nos outros, o homem foi ficando triste, não comia direito, mal dormia, emagreceu, murchou. A mulher observava tudo, até que um dia falou:

— Você tem que me contar o que está acontecendo, senão acaba morrendo de desgosto.

O homem não aguentou mais guardar o segredo, contou tudo do trato com o diabo.

— Bom — disse a mulher —, nem tudo está perdido. Você não disse que tinha uma história de um tambor, que é só você tocar que o diabo aparece e faz o que você pedir? Pois eu tenho um plano para a gente ficar livre dele. Toque o tambor e, quando ele vier, diga para ele construir igrejas e capelas, muitas, por toda parte.

— Que boa ideia, mulher — disse o homem muito animado. — Imagine se demônio que se preza vai se meter em negócio de igreja.

Quando ele chamou o diabo e disse o que queria, o outro não fez cara de Deus me livre nem nada. Disse que ia começar em seguida. Não demorou nada e tinha igreja e oratório e capela para tudo quanto era lado.

— Bom, agora você só tem mais um último pedido antes de o prazo terminar — falou o demônio dando uma risadinha bem de tinhoso, mesmo. — Até muito breve, pense bem no que vai pedir.

O homem ficou desanimado e foi falar com a mulher:

— Não deu certo, ele nem se atrapalhou, olhe quanta igreja grandona ele botou em pé.

— Calma, ainda tem um plano que eu guardei para o final. Você toca o tambor bem alto e pede para ele transformar todos os governantes da nossa terra em homens honestos.

O homem não entendeu muito bem, mas assim mesmo ele fez o que a mulher falou. Não custava tentar, ele não tinha outra saída, estava prestes a entregar sua alma para o demo.

Quando ele tocou o tambor com toda a força que ainda tinha, o diabo apareceu com cara de sono.

— Mas, já? Eu nem consegui tirar uma soneca direito, na frente da minha lareira nova, quentinha, com o fogo alto que estava uma beleza. Só vim mesmo porque agora você volta comigo.

— Pois o meu pedido é uma coisinha à-toa, não vai custar nada para você. Eu quero que você transforme todo o pessoal que manda aqui neste mundo: rei, presidente, deputado, senador, juiz, delegado, você sabe, toda essa gente. Quero que você faça eles virarem pessoas honestas.

O diabo ficou mudo, depois ficou vermelho, depois espumou, depois voltou ao normal.

— Não vai me custar nada, é? Já entendi. Aposto que foi sua mulher quem teve essa ideia, claro que foi. Está bem, você ganhou, pode ficar por aqui, com alma e tudo. Eu não posso realizar seu pedido, de jeito nenhum. Sabe por quê? Se todo esse mundo de gente for transformado em gente honesta, vou ficar sem nenhum carvão para o fogo da minha lareira. Ainda mais agora que estou com uma novinha em folha.

O homem nunca mais ouviu falar do diabo, e viveu feliz com a mulher e a família até quando chegou sua hora certa de partir. Para onde ele foi não se sabe ao certo, mas é garantido que ele não virou carvão na lareira do chifrudo lá de baixo.

As três romãs
(conto armênio)

Os contos oriundos dos países caucasianos — como por exemplo a Armênia, a Geórgia ou o Azerbaijão — parecem que nos fazem experimentar um mistério indecifrável, a começar pelos próprios nomes desses lugares, que soam lendários e inacessíveis.

Pela proximidade geográfica e intensa troca cultural durante séculos, os contos do Cáucaso trazem elementos do mundo árabe, da Rússia, da China, só para citar algumas das influências mais marcantes. São histórias povoadas por príncipes, princesas, fadas, feiticeiros, cavalos que falam, paisagens fantásticas, imagens que nos fazem lembrar da nossa infância, quando respirávamos essa atmosfera de sonho presente nas nossas brincadeiras, no modo como perguntávamos sobre o mundo. Essa história das três romãs eu li pela primeira vez há bastante tempo, e sua origem é a Armênia. Descobri duas versões em coletâneas diferentes e escolhi esta que está no livro Contos dos países do Cáucaso [Contes des pays du Caucase]. *Esse livro faz parte da mesma coleção onde estão os contos tibetanos de onde selecionei a história "Flor no cabelo". Já contei tantas vezes "As três romãs" que essa história eu conheço por dentro e por fora, no claro e no escuro, no dito e no não dito. Ela me lembra Ariadne, que, segurando uma das pontas do seu novelo na entrada do labirinto, permitiu que Teseu, levando o novelo com ele, não se perdesse lá dentro e pudesse matar o Minotauro, voltando depois são e salvo para o mundo dos vivos. É uma história que também acorda em mim o sentido da surpresa, do assombro. Nela reconheço o poder que J. R. R. Tolkien atribuiu aos contos maravilhosos, definindo o efeito mais profundo da arte da fantasia. Que é o de suscitar em nós uma espécie de alegria, como um vislumbre da verdade oculta em tudo o que é real.*

Era uma princesa que sabia muito bem o que queria. Ela passava as tardes na janela do seu quarto, que ficava num palácio de paredes de prata, que ficava num vale, onde havia um lago, que refletia a luz do sol. Como todas as princesas de verdade, era bela. No seu rosto ela reunia a beleza de todas as mulheres do mundo, e no seu canto havia a melodia nem sequer sonhada pelos corações mais apaixonados. Ela sabia esperar. Príncipes valorosos de todas as partes do mundo viajaram muitas léguas para pedir sua mão em casamento, ajoelharam-se diante dela, prometeram-lhe as riquezas do céu e dos mares. Ela mal escutava suas palavras exaltadas. Esperando outra voz, vinda de um outro lugar, ela os despedia, distraída.

Um dia, preocupado com tantas recusas, o rei — seu pai — a chamou e ordenou-lhe que escolhesse logo um marido, de acordo com o costume.

— O que deve ser, meu pai — respondeu a princesa —, nem sempre acontece. Eu já escolhi o homem com quem poderei me casar, de acordo com minha vontade. Só não sei bem se está de acordo com a sua.

Dizendo isso, a princesa levou o rei até a janela do seu quarto, de onde ela costumava ver todos os dias o mercado lá embaixo, com seus artesãos e mercadorias de todas as cores.

— Está vendo aquele homem sentado trançando um cesto, no meio das palhas, embaixo daquela tenda verde? — ela perguntou, apontando na direção de um canto da praça.

O rei procurou com os olhos e acabou encontrando um homem alto, com a pele queimada de sol, mãos grandes e calejadas de trabalhador, roupas gastas e aspecto rude. Ele não podia acreditar que sua filha preferisse um simples cesteiro em lugar de tantos nobres que a tinham cortejado.

— Senhor meu pai, saiba que é com esse homem que quero me casar e com nenhum outro.

O rei tentou dissuadi-la, mas foi em vão. Vendo que a princesa estava firme em sua decisão, ele disse finalmente:

— Já que é assim, não vou impedir esse casamento insensato. Mas nunca mais você poderá voltar a esse palácio, por nenhuma razão que seja.

A princesa olhou o rei pela última vez, desceu as imensas escadarias do palácio, atravessou os jardins e saiu pelo portão fortificado, deixando para sempre o lugar onde tinha passado toda sua vida. Quando chegou lá embaixo no mercado, caminhou até a tenda do cesteiro, que se chamava Gambar.

A conversa que se passou entre eles foi muito curta, espantosamente simples.

O cesteiro ficou espantado ao ver a princesa diante dele, sorrindo para ele.

— Vejo-a todos os dias na janela — ele disse —, mas jamais imaginei que fosse tão bela. Por favor, diga o que quer comprar e depois vá logo embora, porque a memória do breve instante da sua presença guiará os meus dias daqui para a frente.

— Gambar — respondeu a princesa —, eu não quero comprar nada, vim até aqui para pedir que se case comigo.

— Mas eu não tenho nada para abrigá-la além da minha pequena casa de taipa — disse Gambar com alegria por dentro da voz.

— Você sabe que eu quero apenas abrigo no seu coração, Gambar. O resto, a gente resolve de algum jeito, você não acha?

Nenhum dos dois disse mais nada. O certo é que desse dia em diante a princesa começou uma nova vida na pequena casa de taipa, ao lado do cesteiro Gambar. E viviam muito felizes, até que um dia, enquanto conversavam antes de dormir, a princesa disse:

— Gambar, você trabalha muito e não recebe o quanto merece pelo seu esforço. Veja suas mãos cheias de calos, a fadiga que se apodera do seu corpo todos os dias. E o que você ganha com isso? Muito pouco, não vale a pena tanto sacrifício. Por que não procura um outro trabalho menos cansativo e mais rendoso?

No dia seguinte, enquanto pensava nas palavras da princesa, Gambar encontrou um mercador na praça. O homem viajava pelo mundo com seus animais carregados de mercadorias preciosas e estava procurando um acompanhante para ajudá-lo nas obrigações de todos os dias. Gambar lhe pareceu a pessoa ideal, com seu jeito quieto e confiável, seu sorriso franco e sua disposição para trabalhar. Os dois se entenderam perfeitamente e combinaram seguir viagem na manhã seguinte.

Quando chegou em casa, Gambar abraçou a princesa e contou-lhe a novidade.

— Seguindo seu conselho — ele disse —, eu encontrei um trabalho melhor. Vou ganhar muito mais dinheiro, mas para isso terei que me ausentar por um longo tempo, ainda que me custe muito separar-me de você.

— Mesmo sabendo que vou sentir sua falta a cada minuto — ela respondeu —, não precisa se preocupar. Eu saberei esperá-lo pensando no dia da sua volta.

Eles foram para a cama e passaram sua última noite juntos antes da partida de Gambar. Amaram-se sem pressa, trocando segredos. Despediram-se quando amanheceu o dia, e Gambar tomou o caminho do mundo, na grande caravana do mercador.

Durante muito tempo viajaram por cidades desconhecidas, florestas, rios e montanhas, até que um dia chegaram a um deserto escaldante. Depois de muito procurarem, encontraram um poço e pararam para descansar.

Enquanto isso, lá na aldeia de Gambar, a princesa deu à luz uma criança. Embalando o filho nos braços, ela cantava doces cantigas dos seus antepassados e tentava imaginar onde estaria Gambar naquele momento, sem saber do filho que acabava de nascer.

Lá no deserto, Gambar entrou no poço com uma corda atada à cintura, para dar de beber aos animais da caravana. Ele mergulhava o balde na água e o estendia para o mercador, inúmeras vezes, até que todos tivessem bebido. Quando foi sair do poço, aconteceu uma coisa muito estranha. De repente a corda se soltou da sua cintura, como se mãos invisíveis a tivessem desatado, e ele caiu no fundo do poço. Foi caindo vertiginosamente, por um corredor escuro, cada vez mais para baixo, até que chegou a um lugar que parecia completamente seco, onde não se enxergava nada. Foi tateando pelo chão, encontrou uma parede e em seguida a maçaneta de uma porta. Assim que a abriu, viu-se em uma sala deslumbrante. O assoalho era de ouro, as paredes de lápis-lazúli, o teto incrustado de diamantes e pedras preciosas. Bem à sua frente estavam três jovens sentadas num banco, bordando um tapete com fios de seda de todas as cores. Num canto da sala havia uma mesa, sobre a qual estava uma rã em cima de uma bandeja de prata. A rã não se mexia e olhava sem parar para um jovem que parecia um príncipe, sentado numa cadeira virada para ela, olhando-a fixamente.

— Jovem estrangeiro — disse uma das moças, interrompendo o espanto de Gambar diante daquela cena inusitada —, temos umas perguntas para lhe fazer. Quem, dentre nós, é a criatura mais desejável deste lugar? Por que este príncipe não tira os olhos desta rã? Por acaso ela é melhor e mais bela do que nós?

— Não existe ninguém melhor para um homem do que a mulher que ele ama — disse Gambar.

Nesse mesmo instante a rã caiu no chão, como que atingida por um raio. Sua pele se abriu e de dentro dela surgiu uma jovem tão deslumbrante que as outras três pareciam sombras esmaecidas diante dela. A jovem correu para o príncipe e eles ficaram um tempo abraçados, em silêncio. Depois o príncipe dirigiu-se a Gambar:

— Suas palavras desencantaram minha amada, que tinha sido transformada em rã por um feiticeiro que a desejava. Você merece uma recompensa, estrangeiro de alma franca.

Ele ordenou que uma das jovens fosse até a sala vizinha e ela voltou logo depois com três romãs, que entregou a Gambar. Recebendo com alegria o presente, mesmo sendo tão singelo, Gambar se despediu daquelas pessoas e saiu por onde havia entrado. Atou a corda à cintura e o mercador o puxou de volta à superfície. Contou ao mercador o que havia acontecido nas profundezas do poço, e a caravana retomou a viagem. No caminho cruzaram com um outro mercador, que voltava para a cidade de Gambar.

— Por favor, amigo — disse-lhe Gambar —, leve essas frutas para minha mulher, a princesa. Conte-lhe que penso nela o tempo todo e que logo voltarei para casa.

Assim que chegou à cidade o mercador procurou pela princesa e entregou-lhe as três romãs. Sabendo que era um presente de Gambar, ela ficou muito feliz e colocou as frutas sobre a mesa. Pegou uma faca e abriu uma delas. Seu espanto foi enorme: um brilho de finos raios de luz surgiu de dentro da romã e espalhou-se pela sala, iluminando-a toda. Em vez dos pequenos e suculentos gominhos vermelhos, havia lá dentro pérolas puríssimas, uma ao lado da outra. Ela partiu a segunda fruta, e lá estavam rubis e esmeraldas. Partiu a terceira e lá dentro encontrou valiosos diamantes.

Lá longe onde estava, Gambar não aguentou mais de tanta saudade da sua princesa. Despediu-se do mercador, recebeu o que lhe era devido por seu trabalho e tomou o caminho de volta para casa. Pareceu-lhe dessa vez um caminho mais longo, tal era seu desejo de rever a princesa. Finalmente ele avistou o campo de trigo que ficava nos arredores da sua cidade e passou por um grande rebanho de carneiros. Gambar perguntou ao pastor de quem eram aqueles carneiros

— Senhor — ele respondeu respeitosamente —, estes carneiros pertencem a Gambar, o marido da princesa.

Gambar não entendeu a resposta e pensou que o homem devia estar fazendo alguma confusão. Sem dar muita importância ao assunto, já que tudo o que ele queria era encontrar a princesa, continuou pelo caminho, atravessou o rio que margeava a cidade e foi se aproximando alegremente da sua entrada. Encontrou muitas vacas pastando perto dos muros da cidade e perguntou a um homem que passava de quem eram aquelas vacas.

— Gambar, o marido da princesa, é o dono de todas elas — respondeu o homem.

Dessa vez Gambar se inquietou. O que estaria acontecendo com aquelas pessoas? "A mesma resposta sem sentido, duas vezes seguidas", ele pensou. Que explicação haveria para tamanha loucura?

Ele entrou na cidade e, ao virar uma esquina de onde costumava ver sua pequena casa de taipa, parou estarrecido. A casa não estava mais lá. No seu lugar havia um imenso palácio de mármore e janelas de ouro, uma cúpula cor de esmeralda com arabescos de prata, muito mais suntuoso do que o palácio real.

"O que fizeram com minha princesa?", ele pensou angustiado. "Para onde ela foi?"

Ele resolveu entrar no palácio para indagar se alguém saberia informar alguma coisa sobre sua mulher, e atravessou o pátio deserto com o coração apertado. Avistou uma porta fechada, feita de madeira finamente entalhada, e parou diante dela. Antes de bater, ouviu do outro lado uma doce voz de mulher que dizia baixinho:

— Meu filho, como você é parecido com seu pai.

— Quando é que ele vai voltar? — perguntou uma voz de menino pequeno. — Tenho muita vontade de conhecer o meu pai.

— Alguma coisa me diz que ele já passou pelo nosso campo de trigo — disse a mulher. — Que também já viu nossos carneiros, já atravessou o rio, encontrou todas as nossas vacas, já chegou ao nosso palácio e está atrás da porta, quer ver?

A princesa abriu a porta e seus olhos brilharam como o sol da manhã.

Guiado pelo fio invisível do amor de uma princesa que sempre soube o que queria, o cesteiro Gambar voltou para casa, são e salvo, transformado num outro homem, pai de um belo menino, depois de uma longa viagem.

A bela Fahima
(conto árabe)

No final do livro Buscador da verdade [Seeker after truth], *onde li esta história, Idries Shah apresenta doze contos de ensinamento da escola de desenvolvimento humano conhecida como tradição sufi. Nessa escola o estudo de histórias é utilizado como um dos instrumentos de autoconhecimento, o que também é prática comum a outras tradições, como a budista, hindu, taoísta, judaica, entre outras.*

Aprendi com Idries Shah que uma boa maneira de ler uma história como a de Fahima é evitar a pergunta: "O que esta história quer dizer?". Em vez disso, talvez fosse melhor perguntar: "O que esta história diz para mim nesse momento particular em que me encontro com ela? O que ela me faz lembrar, sentir, pensar, descobrir, com relação à minha vida agora? O que chamou minha atenção, quais foram minhas primeiras impressões?".

Caminhando pelas paisagens deste conto, uma pessoa pode passear pela sua paisagem interior e contar para si mesma sua própria história, de um jeito diferente de como está acostumada.

Há muito tempo viveu na cidade de Basra uma jovem chamada Fahima. Ela pertencia a uma nobre e antiga família e desde pequena impressionava a todos por sua beleza e principalmente por sua rara inteligência. Seu nome queria dizer "aquela que compreende" e, de fato, ela parecia ser capaz de prever acontecimentos e ler pensamentos secretos. Herdeira de uma grande fortuna, vivia assediada pelos mais diferentes tipos de pretendentes. Mas eles não conseguiam dizer nada quando se apresentavam diante dela. Seu olhar penetrante impedia que pronunciassem qualquer palavra. A confusão e a frieza que ela percebia na alma dos homens a deixavam desolada, e então ela resolveu se fechar no castelo dos seus antepassados, decidida a não ver nem falar mais com nenhum homem.

Um dia ela estava no terraço contemplando distraidamente a paisagem. Bem naquele momento o príncipe de Basra passava por ali. Ele a viu e imediatamente apaixonou-se por ela. Essa visão o perseguiu o resto do dia e, estando acostumado a tomar decisões rápidas e impetuosas, foi procurá-la nessa mesma noite. Sem esperar que o anunciassem, forçou os portões do castelo, atravessou o pátio e, assim que chegou diante de Fahima, no meio do jardim, foi logo dizendo que ela deveria casar-se com ele.

Ela não respondeu, apenas ficou olhando para ele de um jeito que deixaria qualquer homem com o sentimento de ser a pessoa mais desprezível do mundo. Mas o príncipe enfrentou seu olhar e Fahima surpreendeu-se. O que ela viu dentro dos olhos daquele homem a agradou muito. Mesmo assim ela disse:

— Vá embora. Você não é digno do meu coração.

O príncipe ficou furioso. Nunca o haviam tratado daquela maneira, nenhuma mulher havia recusado qualquer coisa que ele tivesse desejado. Tropeçando em seus próprios passos, foi até a entrada do castelo, onde seus guardas o esperavam. Aos gritos, ordenou-lhes que prendessem a jovem e a levassem ao calabouço de seu palácio. E lá eles a deixaram, numa cela subterrânea e escura.

Na manhã seguinte, o príncipe foi vê-la e a encontrou imóvel, como se tivesse passado a noite inteira sentada, aguardando sua chegada.

— Agora você já conhece meu poder — disse o príncipe — e sabe do que sou capaz. Eu ainda quero casar-me com você, e basta que você aceite para que deixe de ser minha prisioneira. Se concordar em ser minha mulher, vai conhecer também a intensidade do meu amor, mas se não me quiser, saiba que não vai sair desta cela nunca mais.

Fahima permaneceu em silêncio, nem sequer olhou para ele.

O príncipe tentou convencê-la numa confusão de palavras às vezes enraivecidas, às vezes cheias de paixão. Mas nada adiantou.

O príncipe retirou-se completamente inconformado. Não passou um dia sem que ele voltasse ao calabouço. Todas as vezes ele falava de seu amor tumultuado, mas ela sempre permaneceu no mais profundo silêncio.

Meses depois, Fahima escutou quando os guardas comentavam que o príncipe estava de partida para Bagdá, onde deveria ficar um longo tempo. Imediatamente percebeu que havia chegado a hora de deixar aquele lugar. Ela podia fazê-lo, porque durante todo o tempo em que estivera prisioneira, dia após dia, havia cavado a parede sem que ninguém visse, abrindo assim um túnel que atravessava a espessa muralha. Sem dificuldade, atravessou-o durante a noite e, quando alcançou a luz da lua, foi até seu castelo, onde se preparou para viajar. Montada no melhor cavalo que possuía, Fahima dirigiu-se para Bagdá.

Logo que chegou, procurou uma casa bem na rua principal da cidade, que era passagem obrigatória para o palácio do califa. Depois foi ao mercado e comprou loções, cremes e pós que a ajudaram a mudar de aparência. Tingiu os cabelos com hena, penteou-os de um modo diferente, vestiu novas roupas e em pouco tempo parecia uma outra mulher.

O príncipe chegou à cidade, depois de ter parado várias vezes durante a viagem para encontrar-se com amigos que lhe ofereciam banquetes e festas.

Quando cavalgava em direção ao palácio real, viu uma mulher belíssima à janela de uma casa imponente. Puxou as rédeas do cavalo e parou para contemplá-la maravilhado. Nem de longe reconheceu Fahima sob o disfarce daquela que lhe pareceu uma doce mulher. Assim que chegou ao palácio, ordenou a um serviçal que fosse convidar a senhora daquela casa para jantar com o príncipe de Basra.

Fahima aceitou o convite e nessa mesma noite concordou em casar-se com o príncipe, como se fosse mesmo uma outra mulher. Os dois viveram um ano de enorme felicidade, e um dia ela lhe disse que estava esperando uma criança. O príncipe teve uma grande alegria, mas não pôde esperar para ver se ia nascer um filho ou uma filha, pois foi chamado às pressas à cidade de Trípoli, onde negócios urgentes o aguardavam. No mesmo dia de sua partida, Fahima deu à luz uma menina e pouco tempo depois entregou a filha a uma ama de absoluta confiança, recomendando-lhe que cuidasse muito bem dela, até a sua volta. Em seguida selou seu cavalo e foi também para a cidade de Trípoli. Lá ela alugou uma casa suntuosa e novamente mudou a cor de seus cabelos, vestiu outro tipo de roupa e esperou pelo príncipe completamente transformada.

Quando ele a viu sentiu o mesmo desejo de casar-se com ela, pensando mais uma vez que se tratava de uma outra mulher. Durante um ano eles viveram felizes, até que Fahima teve um filho. Ainda que estivesse encantado com o menino, não demorou para que o príncipe partisse para uma nova viagem, dessa vez na direção de Alexandria.

Deixando o filho com uma serva em quem confiava inteiramente, Fahima foi também para aquela cidade, e não é preciso dizer que tudo se passou como das outras vezes. E mais uma criança nasceu.

Um dia Fahima percebeu que o príncipe andava quieto, pensativo. Ela soube imediatamente que ele sentia saudades de sua cidade natal, e dessa vez ela partiu antes dele, tendo como sempre confiado seu filho a uma serva fiel. Voltou rapidamente para o calabouço onde ficara longo tempo e esperou a chegada do príncipe. Um dia ela adivinhou que ele descia as escadas que levavam à sua cela, pela cadência tão conhecida de seus passos, pela luz do archote que se adiantava à sua presença. Mas a pessoa que surgiu diante dela atrás das grades era um homem muito diferente. O rosto barbudo, o olhar angustiado, a voz cansada. Cheio de remorsos, sentia-se infeliz como nunca.

— Fahima — ele disse —, eu vim aqui para dizer que você está livre.

— O que aconteceu durante sua ausência? — ela perguntou. — Conte-me tudo, confie em mim.

— Não importa — respondeu o príncipe. — Só posso lhe dizer que agora entendo que você é a única mulher que eu sempre amei e por isso mesmo quero deixá-la livre.

— Diga-me toda a verdade — insistiu Fahima. — E saiba que sou a única pessoa que pode ajudá-lo.

— Posso lhe contar tudo, mas isso não vai mudar nada — respondeu o príncipe com voz desolada. — Eu permiti que você ficasse presa tanto tempo e enquanto isso fiz coisas que não devia ter feito, não sou mais o mesmo homem. Não sou digno de você, nem do seu amor.

E o príncipe foi falando de suas viagens e contou sobre as mulheres e filhos que havia deixado para trás.

Quando terminou seu triste relato, Fahima lhe disse:

— Vá até a sala do trono e espere até que anunciem a chegada de uma pessoa, que você deverá receber imediatamente.

— Não entendo o que você diz — falou o príncipe. — A porta da cela está aberta. Quero que me perdoe e que possa ser feliz longe daqui.

Sem mais nenhuma palavra o príncipe subiu as escadas e foi até a sala do trono. Lá deixou-se ficar em silêncio, com a cabeça entre as mãos, indiferente ao movimento dos cortesãos à sua volta. Quando anunciaram que uma nobre dama com três crianças queria vê-lo, ordenou que os guardas a deixassem entrar. Logo as portas se abriram, e uma mulher ricamente vestida com roupas da mais fina seda e joias magníficas, acompanhada de três adoráveis crianças, entrou lentamente na sala do trono. A princípio não reconheceu Fahima, mas à medida que ela se aproximava, um claro desenho formou-se de repente no seu espírito. Foi só então que ele percebeu que as suas quatro mulheres eram na verdade uma só, que lhe havia dado três filhos. A mesma mulher que, no mais completo silêncio e com profunda paciência, havia permitido que ele aprendesse sozinho tudo o que precisava saber sobre sua própria pessoa.

Aquela foi uma família feliz.

A guardiã
(conto caucasiano)

Eu li esta história no livro A árvore de tesouros [L'arbre à trésors], de Henri Gougaud, e sua origem é a região do Cáucaso, mas não há referência do país de onde ela provém.

Henri Gougaud (1936-) é um escritor francês e um admirável contador de histórias, conhecido também por suas apresentações no rádio e no teatro. Além de romances de sua autoria, publicou coletâneas de relatos de tradição oral do mundo inteiro, que reescreveu com maestria. Segundo Gougaud, seu trabalho foi o de reviver, reanimar e restaurar os contos que recolheu "como outros restauraram velhos castelos". Ainda nas suas palavras: "Eu ignoro quem foram seus primeiros autores. Mas que importância isso tem? Eles estão no mundo porque são necessários, como o ar, como a luz do dia, como as árvores".

Este conto, de rara dramaticidade, revela como certas narrativas tradicionais conseguem movimentar a escuta ou a leitura da história em direções constantemente opostas: luz e escuridão, amor e egoísmo, ação e espera, morte e renascimento, dedicação e ingratidão, desesperança e salvação. É uma história tão bela quanto cruel, em que personagens agem de forma cortante, sem rodeios. Não há meio-termo, não há concessões de espécie alguma. A arte de narrar tem às vezes uma incrível capacidade de nos fazer mergulhar de uma vez só na escuridão e na clareza da condição humana.

No alto de uma colina, à beira de um rio caudaloso, muito largo e profundo, havia um castelo fortificado.

Nesse castelo vivia um guerreiro que não tinha medo de nada. Sua mulher, bela como uma árvore florida, possuía um dom muito especial. Por causa dela, o marido sempre retornava vitorioso de suas expedições pelas redondezas e lugares muito distantes.

Acontecia sempre da mesma maneira. O guerreiro selava seu cavalo e partia antes do amanhecer, quando a neblina e a escuridão ainda tomavam conta do lugar. Assim que ele desaparecia pelos portões da fortaleza, a mulher subia à torre do castelo e abria a janela de onde avistava toda a região. Ela estendia as mãos delicadas para fora da janela, na direção do caminho por onde o marido cavalgava. No mesmo instante, poderosos raios de luz brotavam de seus dedos finos clareando a estrada para que o marido pudesse viajar com segurança.

Durante todo o dia ele percorria diversas aldeias, lutando e roubando os bens de todos os que derrotava nas suas andanças. Depois ele voltava para casa em disparada, e já fazia noite escura quando ele surgia lá embaixo ao pé da colina, quase sempre perseguido por valentes inimigos. No entanto eles nunca o alcançavam, pois a mulher já o aguardava sentada à mesma janela da torre altíssima. Assim que o via no caminho, ela enviava, através de suas mãos, uma ponte de luz por sobre o rio, iluminando-o fortemente para que o marido passasse. Assim que ele atingia a outra margem, ela retirava as mãos rapidamente. A mais negra escuridão apoderava-se daquele lugar de tal modo que os inimigos do marido ficavam completamente desorientados e acabavam desistindo da perseguição.

Assim protegido e guiado, o guerreiro do castelo do alto da colina nunca havia sofrido nenhuma derrota. O tempo foi passando, e ele, cada vez mais, sentia-se como o homem mais poderoso daquelas terras. Orgulhava-se de seus feitos e dizia que era invencível. Um dia ele havia convidado várias pessoas para um grande banquete e, enquanto festejavam, começou a vangloriar-se:

— Eu sempre atravesso o rio trazendo comigo muitos animais, e meus perseguidores não conseguem alcançar-me. Ainda não nasceu o homem que poderá me vencer.

A mulher o escutou por um tempo, contrariada, depois disse baixinho:

— Mas você não acredita que faz tudo isso sem ajuda de ninguém.

O marido olhou-a indignado, reprovando aquela intervenção:

— Que eu saiba, quando vou caçar, não levo ninguém comigo. Enquanto você passa o dia em segurança dentro do castelo, sou eu que me arrisco, que enfrento emboscadas, que preciso lutar com quem aparece no caminho, seja homem ou animal. Acho melhor você pensar mais no que diz antes de abrir a boca, para não se arrepender depois.

A mulher permaneceu em silêncio por algum tempo, depois levantou-se e, antes de retirar-se do grande salão, disse com tristeza:

— Você está completamente dominado pelo orgulho e pela vaidade. Sinto muita vergonha ao ver você nesse estado.

O marido ficou furioso. Respondeu-lhe que não precisava dela para nada e que iria provar o que estava dizendo. Assim que os convidados se foram, ele montou no cavalo e deixou o castelo sem se despedir da mulher.

Pela primeira vez, a janela da torre não se abriu enquanto ele percorria as planícies brumosas. E pela primeira vez sua expedição encontrou obstáculos maiores do que seu poder de vencê-los.

Depois de vários dias infrutíferos, vagando pelas aldeias, tendo pilhado uma carga insignificante, o guerreiro achou melhor voltar para casa. Ainda tentou roubar alguma coisa no caminho, mas ele se sentia tão desafortunado, tão confuso pelas sucessivas derrotas, que não lutou com a costumeira audácia e acabou tendo que fugir com as mãos vazias e vários inimigos em seu encalço.

Enquanto isso, sua mulher ficou sentada diante da janela fechada no alto da torre, no escuro, atenta. Ela só se levantava para comer alguma coisa leve uma vez por dia, ou então para cochilar um pouco quando o sono tomava conta dela.

Numa noite tenebrosa, no silêncio do aposento ela escutou ao longe a voz do marido chamando por ela. A aflição que ela sentia estava grudada nas pontas de seus dedos unidos, imóveis sobre seus joelhos. Ela sabia que não deveria atender o pedido de socorro, mesmo que seu coração aos pulos, dentro do peito, lhe pedisse o contrário. Afinal, ele havia dito que demonstraria ser um guerreiro notável, e por isso era necessário que ele fizesse tudo sozinho.

Angustiada, ela esperou até não mais ouvir a voz do marido. Além do rumor constante das águas do rio, nada mais se escutava. Ela continuou esperando, tentando distinguir cascos de cavalo ressoando no pátio do castelo, o som duro das botas do marido subindo a escadaria. Em vão ela ficou espreitando quase a noite inteira, até que não pôde mais se conter e abriu a janela. Estendendo as mãos ela varreu toda a região embaixo do castelo com fachos de luz, poderosos como sempre, mesmo que dessa vez brotassem de seus dedos trêmulos. Vasculhou a planície, as margens do rio, a encosta da colina, as muralhas do castelo. Não encontrou nenhum vestígio do guerreiro.

Recomeçou outra vez, com movimentos mais lentos e precisos, até que o foco luminoso deteve-se sobre um vulto caído em um rochedo à beira do rio. Pouco depois, quando ela chegou esbaforida àquele lugar, com os cabelos desalinhados e a respiração entrecortada de tanto correr feito louca entre as pedras, reconheceu a capa preta do marido. Rasgada e molhada, ela cobria o corpo do guerreiro inerte sobre a pedra. Ali a mulher ficou imóvel com as mãos sobre a cabeça do homem morto, embalada pelo doce murmúrio do rio, estranhamente calmo ao nascer do sol.

Depois, ela enterrou o marido naquele mesmo lugar e chorou muito tempo sobre o túmulo, completamente entregue à sua dor. Uma semana inteira durou sua vigília solitária. Até que ela viu ao longe um cavaleiro que se aproximava. O jovem sorridente que desceu do cavalo e acercou-se dela era belo e forte.

— O que faz uma mulher tão desolada sozinha neste lugar deserto? — ele perguntou.

A mulher das mãos de luz respondeu-lhe que ninguém poderia fazer nada por ela e que ele deveria ir embora.

O homem montou outra vez no seu cavalo e lhe disse que voltaria em breve. E que durante o tempo em que estaria ausente, ela podia pensar melhor, quem sabe poderia confiar nele e contar por que estava tão triste.

Enquanto ele cavalgava rio adentro, na direção da outra margem, a mulher se assustou e pensou que, com certeza, ele iria afogar-se. Mas logo, conduzindo o cavalo com grande habilidade por dentro das águas turbulentas, ele chegou a salvo do outro lado do rio.

"Esse homem é de fato muito audacioso, eu preciso pôr à prova seu valor", pensou a mulher à beira do túmulo do marido.

Pela primeira vez, depois de tanto sofrimento, ela se reanimou e invocou os poderes da Senhora das Águas. Levantando-se, com as mãos espalmadas na direção do céu, ela disse:

— Eu lhe peço, rainha poderosa, que esconda o sol atrás das nuvens e que uma grande tormenta torne o rio furioso, que suas águas invadam a terra em ondas gigantescas, que raios e trovões sacudam as árvores, que o dia se torne noite tenebrosa como se fosse o fim do mundo.

Seu pedido foi atendido. Talvez a temível deusa dos mares e dos rios tenha compreendido e concordado com as razões da mulher que chamava por ela, do fundo do coração. Deitada na relva, sacudida pela tempestade avassaladora, a mulher das mãos de luz percebeu que um cavalo galopava na sua direção. Quando se levantou, pôde ver o cavaleiro que tinha acabado de conhecer.

— Como você pôde voltar e arriscar-se a ser tragado pelas águas revoltas do rio? — ela perguntou muito assustada.

— É porque eu não poderia deixá-la sozinha nesta tempestade desvairada — ele respondeu.

Ela não soube o que dizer e finalmente sorriu, com uma satisfação que apenas brotava timidamente no seu peito machucado. O cavaleiro agasalhou-a com seu manto e, no instante em que os dois se sentaram juntos e aconchegados sobre uma pedra lisa, os poderes da Senhora das Águas fizeram-se presentes outra vez, serenando o tempo mais rapidamente do que as palavras seriam capazes de relatar. A tempestade cessou, o rio seguiu seu rumo mansamente, as águas brilhando à luz do sol que surgiu de repente no alto do céu azul. A terra verde respirava úmida, exalando um delicioso aroma de vida.

— O homem que está enterrado neste túmulo era meu marido — disse a mulher. — E nós nos amávamos.

— Você se engana — retrucou o jovem cavaleiro. — Ele não a amava, ele amava apenas a si mesmo. Toda a terra à nossa volta está verde e coberta de flores, só este túmulo permanece seco, com a terra dura e inerte, sem florescer. Que este túmulo permaneça assim, estéril, para que as pessoas que só amam a si mesmas, ao passarem por aqui, sintam-se envergonhadas.

A mulher de mãos luminosas olhou para o céu e agradeceu à deusa em silêncio. O jovem cavaleiro a olhou com ternura e estendeu-lhe a mão. Ao segurá-la, a mulher sorriu e levantou-se. Ela teve a resposta que buscava quando sua mão deixou-se envolver pelo calor daquela mão valorosa, que num gesto firme devolveu-lhe, num único instante, o sentido de continuar viva.

O papagaio real
(conto brasileiro)

O que mais me impressionou neste conto recolhido no Rio Grande do Norte por Luís da Câmara Cascudo foi a originalidade da fala brasileira. Embora seja um conto encontrado — como revela Cascudo — na Finlândia, Lapônia, Dinamarca, Noruega, Suécia, Sicília, Grécia, Rússia e Portugal, entre outros lugares, essa narrativa ganha um sabor especial, um ritmo e sonoridade peculiares ao ser recontada por contadores brasileiros. Fico tentando imaginar a voz da dona Benvenuta de Araújo (a contadora de quem Cascudo ouviu essa história) dizendo: "reino de Acelóis", ou então relatando a "falaria" dos bichos no "pé de pau", ou ainda o diálogo da moça com o rei senhor. Infelizmente a voz se perdeu, com sua cadência, com seu colorido pessoal, mas o conto permanece. E pelo impacto que me causou, pela riqueza de suas imagens, ouso recontá-lo com minha fala, tentando manter na narração, o tanto quanto possível, o fio invisível da tradição, do pertencimento à voz universal, que não se cala nunca.

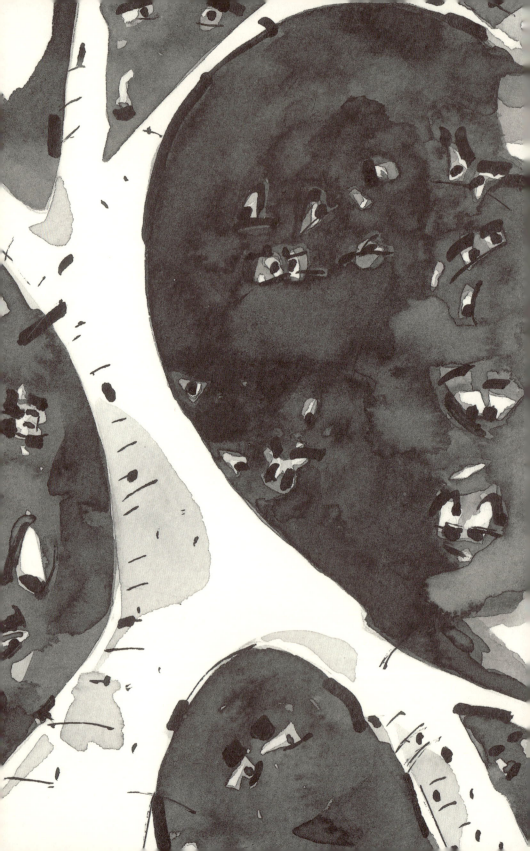

Havia duas irmãs que moravam numa casinha bem simples, as duas ali sozinhas, o pai e a mãe já tinham morrido há tempos. Eram irmãs, mas muito diferentes. Dreusa, a mais velha, era a maldade em forma de gente, não se sabe se de nascença ou de destino. A segunda tinha por nome Dorita e vivia com os olhos no horizonte, formando ideias de uma outra vida melhor. Que ela desconhecia, mas que desejava demais. Não reclamava de nada, aguentava o azedume da irmã, deixava sempre por menos, rezava para ela achar um rumo no seu sentimento.

Um dia, a irmã mais velha acordou no meio da noite e foi buscar um copo d'água na cozinha. Quando passou pela porta do quarto da irmã ouviu uns barulhos estranhos, que pareciam asas batendo no vidro da janela. Olhando pelo buraco da fechadura, ela viu a irmã abrindo a janela enquanto soavam as doze badaladas da meia-noite. Foi nesse instante que um papagaio muito grande e bonito entrou voando pela janela aberta. No chão, bem no meio do quarto, estava uma bacia cheia de água. O papagaio pousou na bacia e começou a bater as asas, banhando-se na água. Cada gota que respingava para fora da bacia se transformava numa gota de ouro puro, e as penas do papagaio iam desaparecendo, uma por uma, até que no seu lugar surgiu um moço lindo, com roupa de príncipe, cara de príncipe, jeito de príncipe. Dorita abriu os braços para ele, numa alegria inteira, e os dois ficaram sentados na cama, conversando e rindo, só mesmo como gente que se gosta demais. A irmã viu tudo isso e foi ficando doida de inveja. Esqueceu a sede e achou que aquela era mais uma prova do quanto ela era infeliz. Resolveu vingar-se. No dia seguinte, esperou Dorita sair e entrou no quarto dela. Encheu a beirada da janela com pequenos cacos de vidro, foi até a bacia e espalhou na água os outros cacos que haviam sobrado. Quando chegou a meia-noite, o papagaio pousou na janela e pulou assustado pra dentro do quarto, sangrando. Voou até a bacia, urrando de dor. Foi pior ainda. Enquanto batia as asas, desesperado, cortava-se mais e mais nos cacos misturados na água, que foi ficando vermelha de tanto sangue. Dorita correu para socorrê-lo, sem entender nada do que estava acontecendo, mas era tarde demais. O papagaio afastou-se dela e foi se arrastando com dificuldade até a janela. Antes de ir embora, conseguiu dizer para a moça aflita:

— Hoje era a última noite do meu encantamento. Depois que eu tivesse retomado minha forma humana, nunca mais voltaria a ser um papagaio. Mas com essa maldade que você fez, eu ainda vou ficar encantado por muito tempo. Nunca mais eu vou voltar. Vou ficar para sempre no reino de Acelóis.

E desapareceu no céu.

Dorita o viu sumir batendo as asas com dificuldade. Não adiantou ela chamar, chorar, gritar. Ela ficou olhando aquela bacia de água vermelha, foi entendendo que aquilo só podia ser malfeito da irmã e foi formando uma ideia. Ela ia sair pelo mundo, em busca do reino de Acelóis, e não iria desistir enquanto não encontrasse seu príncipe papagaio.

E assim ela fez. Pelos caminhos, aldeias, hospedarias, vales e montanhas, ela seguiu sem saber por onde, guiada pela sua vontade, perguntando a toda gente em que lugar ficava aquele reino. Mas ninguém sabia, nunca tinha ouvido falar. Ela viajou muito, se empregava numa casa aqui, noutra ali, dormia ao relento, comia o que lhe davam, desanimava, mas não desistia.

Até que um dia entrou num bosque muito escuro, e depois de andar muito chegou a noite. Como ela poderia se proteger dos animais selvagens? Subiu numa árvore e deitou-se num dos galhos: lá em cima ela estava bem escondida. Bem no meio da noite ela escutou umas vozes estranhas embaixo da árvore, afastou umas folhas e olhou para baixo. Eram uns bichos que iam chegando, mas não bichos desses que a gente conhece. Cada um era de um jeito, parecendo de sonho — asas, focinhos, caudas, pelos e chifres combinados como se tivessem misturado tudo isso e feito cada animal sem pensar nem um pouco. E além de tudo eles conversavam como gente.

E falavam na maior animação:

— Você está vindo de onde, mesmo?

— Bom, eu venho do reino da Lua.

— Eu estou chegando lá do reino do Sol.

— E eu, sabe de onde? Do reino das Ventanias.

Dorita não dormiu a noite toda, prestando atenção naqueles bichos estranhos. Foi quando amanheceu e eles desapareceram. Ela desceu da árvore e seguiu viagem, atravessando o bosque durante todo aquele dia. Logo apareceu outra mata e ela continuou até o anoitecer. Subiu em uma árvore — agora ela já sabia como fazer — e de novo, no meio da noite, ouviu conversa embaixo do galho onde estava.

— Você está vindo de onde, mesmo?

— Bom, eu venho do reino da Estrela.

— Eu estou chegando lá do reino de Acelóis.

— E o que está acontecendo por lá?

— Nem queiram saber. O príncipe está tão doente, já fizeram de tudo e ele não melhorou nem um pouquinho.

Dorita percebeu que estava no caminho certo, mas seu coração ficou apertado. Ela tinha que ir mais rápido para ver o que estava acontecendo com seu príncipe. Assim que os bichos se afastaram ela desceu da árvore, quando o dia ainda nem tinha nascido. Depois de muito caminhar, ainda não tinha atravessado a floresta, tão grande ela era, e a noite chegou. Lá de cima da árvore ela escutou:

— Você está vindo de onde mesmo?

— Do reino de Acelóis.

— E o príncipe, melhorou?

— De jeito nenhum. Nada pode curá-lo.

— Pois eu sei de uma coisa que pode fazer o príncipe ficar bom de uma vez. Se uma jovem donzela, que tenha muito amor por ele, pingar três gotas de sangue do seu dedo mindinho num copo d'água e der para ele beber, pronto: ele está salvo.

"Até que enfim uma notícia boa", pensou Dorita. Ela sabia que estava perto e, logo que amanheceu, saiu correndo pela estrada.

Quando chegou no reino de Acelóis foi direto para o palácio. Tanto ela insistiu, que os guardas deixaram que ela falasse com o rei.

— Sagrada coroa, saiba que vim até aqui para salvar seu filho. Tão certo como o dia sucede a noite e a noite chega no fim de cada dia, posso fazer o príncipe ficar bom outra vez. Só que para isso tenho um pedido a fazer. Vossa Majestade precisa concordar em me dar a metade de tudo o que possui, por escrito, bem direitinho, assinado, conforme a lei.

O rei estava tão desesperado para ver o filho curado que aceitou na hora. Mandou fazer o contrato, assinou bem assinado e Dorita foi para o quarto do príncipe com o papel dobrado dentro do bolso. O pobre moço estava largado na cama, desenganado. Ela pegou um copo com água pela metade, pingou as três gotas de sangue do seu dedo mindinho lá dentro e foi chegando de mansinho perto do príncipe. Com todo cuidado, levantou a cabeça dele, segurou o copo na frente dos seus lábios secos e foi entornando a mistura devagarinho dentro da sua boca. Foi só ele beber e já começou a abrir os olhos, sentou na cama e pronto, já estava curado. Quando viu Dorita, foi logo dando um abraço demorado na moça do seu coração.

O rei ficou numa felicidade enorme, que durou pouco. Quando soube que o príncipe queria se casar com aquela moça que não era princesa nem nada, ele não deixou. Príncipe herdeiro não podia escolher alguém que se chamava Dorita e nada mais.

Mas então a moça pediu para o príncipe se aquietar, pois ela sabia o que fazer, como sempre tinha sabido até agora. Tirou o papel do bolso, desdobrou e mostrou para o rei, dizendo:

— Sagrada Majestade, vossa palavra não pode ser discutida. Menos ainda vossa palavra escrita. Pois este papel, assinado pelo senhor, com carimbo real, conforme a lei, diz que tenho direito a metade do reino e de tudo o que lhe pertence. O príncipe não faz parte do reino? Então tenho direito a metade dele. Eu bem que gostaria de casar com ele inteiro, mas já que Vossa Majestade não dá o consentimento, não vejo outro jeito. Vou ter que cortar o príncipe herdeiro em duas partes, o senhor fica com uma e eu levo a outra comigo.

O rei acabou rindo da esperteza da moça e disse que seu filho podia casar-se com ela. Achou até que Dorita era um nome bonito para uma princesa, por que não?

Pronto, acabou.

Depois lá na mata os bichos me perguntaram:

— De onde você está vindo, mesmo?

Eu falei:

— Do reino de Acelóis. A festa de casamento do príncipe papagaio com a moça Dorita foi a mais linda que já vi na minha vida. Eu comi, bebi e dancei demais. E até trouxe um prato de doces deliciosos, mas a estrada era longa, acabei comendo todos, não sobrou nenhum.

Mas sobrou a história, que eu conto para todo mundo que encontro pelo caminho.

História de Layla
(conto persa)

Este conto lembra, de uma certa maneira, a história anterior. O tema da jovem que faz uma longa e penosa viagem para reencontrar seu amado está presente em muitas narrativas tradicionais. Ele pode ser encontrado no antigo mito grego de Eros e Psiquê, e posteriormente em contos populares de várias partes do mundo.

No Brasil, além da história do papagaio real, que acabei de contar, e que na coletânea do folclorista Silvio Romero aparece numa variante com o nome de "O papagaio do limo verde", esse tema aparece também no conto de Maria Gomes. A história de Maria Gomes tem muitos registros nas diferentes regiões brasileiras. Ressalto a versão de Câmara Cascudo no livro Contos tradicionais do Brasil, *e especialmente a de Ricardo Azevedo, do livro* Maria Gomes.

A versão que apresento aqui é de origem persa e de propósito trago-a logo em seguida ao conto do papagaio real. Pode-se assim ressaltar o vivo contraste entre dois modos narrativos que resultam de tipos diferentes de concepções imaginativas, um próprio da cultura brasileira, outro, da cultura oriental.

A construção das frases, as imagens poéticas, o ritmo da narração, o encadeamento das situações, tudo isso constitui a forma particular de cada um dos dois contos, que por isso ressoam dentro de nós de modos diversos.

Ao observarmos também as semelhanças entre ambos, além das diferenças, podemos, quem sabe, aproveitar melhor a leitura tanto do conto brasileiro quanto do conto persa.

Num lugar muito distante daqui, viveu um rei muito poderoso. À medida que os anos iam passando ele se tornava cada vez mais triste, porque sabia que um dia ia morrer e não tinha filhos que pudessem herdar o trono. Durante muito tempo sonhou com os príncipes que iriam nascer, mas a rainha permanecia estéril. Médicos e curandeiros, feiticeiros e astrólogos de todos os cantos do reino foram chamados em vão. Até que um dia o rei fez uma prece fervorosa a Deus, dizendo-lhe que ele ficaria feliz se pudesse ter ao menos uma filha, já que filhos homens lhe tinham sido negados.

E assim, talvez porque sua reza tenha sido poderosa, ou porque era seu destino, algum tempo depois o rei recebeu a notícia de que a rainha estava grávida. O reino todo encheu-se de alegria quando nasceu uma linda menina, que recebeu o nome de Layla. O rei não queria que nada de mal acontecesse à sua filha e resolveu protegê-la de tudo e de todos.

Um palácio cercado por altos muros de vidro foi construído para a princesa Layla, e lá ela viveu até os dezoito anos, isolada do resto do mundo. A princesa não sentia falta de nada, afinal ela passava seus dias num palácio luxuoso, com muitos aposentos repletos de todo tipo de maravilhas. Havia servas que a mimavam com iguarias, mestres que lhe ensinavam o que lhe era permitido saber sobre o mundo, e também dançarinas, cantores, músicos e poetas que vinham entretê-la com sua arte. A princesa Layla, no entanto, não tinha a menor ideia de como era a vida além dos muros de vidro.

Até que um dia ela escutou uma conversa entre duas criadas que varriam seu quarto, e que não perceberam quando a princesa entrou sem fazer nenhum barulho.

— Ontem eu fui a um casamento no povoado e dancei com todos os rapazes mais bonitos — disse uma delas com os olhos brilhando. — Meus pés estão arrebentados, mas valeu a pena. Nunca me diverti tanto em toda a minha vida.

— Pois eu já não tive tanta sorte — disse a outra. — Nem bem cheguei à festa, fui logo comer um pedaço de carneiro, engasguei com um osso e quase morri.

— Do que é que vocês estão falando? — perguntou a princesa. — O que é um casamento? E como é possível encontrar um osso no meio da carne do carneiro?

As criadas levaram um susto quando a viram, e foram obrigadas a lhe contar certas coisas. Por exemplo, que por ordem do rei toda carne servida nas suas refeições não poderia ter nenhum osso. E ninguém podia comentar qualquer tipo de acontecimento ocorrido fora dos muros do palácio.

Pela primeira vez a princesa sentiu vontade de conhecer tudo o que tinha sido ocultado dela até então. Aproveitando o descuido de um dos guardas, ela bateu com uma pedra no muro de vidro e ele se quebrou. Do outro lado ela viu um jardim ensolarado. Enquanto percorria o jardim, ela se aproximou de uma fonte e contemplou seu reflexo na água cristalina. Um outro rosto apareceu refletido atrás dela, e quando ela se virou, surpreendida, havia um jovem à beira da fonte, que sorriu para ela e disse:

— Este palácio é muito bonito, mas ele deveria ter mais janelas, uma para cada mês vivido pela princesa que mora nele.

Em seguida ele saiu rapidamente do jardim, e a princesa Layla sabia que tinha se apaixonado por ele. E ele por ela. À noite, quando encontrou seu pai, seus olhos estavam distantes, ela parecia estar muito longe dali.

— Minha filha, o que você tem? Pode me pedir o que quiser e eu vou fazer qualquer coisa para atendê-la.

A jovem, ainda perdida em seus pensamentos, respondeu:

— Pois eu gostaria que este palácio tivesse tantas janelas quantos foram os meses que eu já vivi. Isso me faria muito feliz, meu pai.

No mesmo instante o rei reuniu os melhores construtores do reino e ordenou que o trabalho fosse feito o mais rápido possível. Quando as janelas ficaram prontas, o jovem surgiu outra vez no jardim.

— Agora sim, não existe nenhum palácio tão imponente como este, mas na frente da sua porta principal deveriam estar dois bancos, esculpidos em madeira do mais fino cedro. Aí então ele seria magnífico.

E, como da outra vez, ele sorriu para a princesa e desapareceu, antes que ela pudesse dizer-lhe qualquer coisa. Durante todo o dia a princesa não quis comer nem falar com ninguém.

— Que mal a aflige? — perguntou o rei, muito preocupado.

— Meu pai, eu quero dois bancos diante da porta do palácio, esculpidos em madeira do mais fino cedro.

Pouco tempo depois a princesa Layla estava em pé na frente dos dois bancos, esperando pelo jovem desconhecido. Ele chegou de repente e disse que toda aquela beleza se completaria com duas colunas de marfim emoldurando os dois bancos de cedro. Quando ele se virou e foi embora, a princesa desmaiou e foi levada para seu quarto, com febre alta. O rei sentou-se na cama a seu lado e ouviu-a pedir com voz fraca as duas colunas de marfim.

No dia seguinte a princesa não teve forças para sair do quarto. Foi até a janela e ouviu as palavras maravilhadas do jovem lá embaixo no jardim:

— É uma pena que eu, príncipe El Hadj Ahmed, não possa me encontrar com a princesa Layla neste lugar perfeito.

Da janela a princesa tentou pedir para que ele a esperasse, mas foi em vão. Ela o acompanhou com os olhos cheios de lágrimas, até que seu vulto se confundiu com a vegetação e ela o perdeu de vista. Então ela decidiu. Sem falar com ninguém, trocou suas roupas suntuosas por um manto de remendos e à noite, quando todos dormiam, foi embora pelos caminhos do mundo. Ela sabia que não descansaria enquanto não encontrasse o príncipe El Hadj Ahmed.

Ela passou por muitas aldeias desconhecidas, atravessou florestas, vales e montanhas, sempre perguntando pelo príncipe, até que um dia ela chegou a uma cidade muito grande. Andando pelas ruas, exausta e faminta, chegou a uma casa muito alta e, sem saber mais por onde ir, sentou-se na soleira da porta e adormeceu. Nesta casa vivia uma mulher que, ao abrir a janela de manhã, viu aquela jovem desconhecida e apiedou-se dela. Convidou-a para entrar e lhe deu de comer. Assim que se sentiu um pouco melhor, a princesa Layla perguntou-lhe, como sempre fazia:

— Tenho andado por toda parte em busca do príncipe El Hadj Ahmed. Você já ouviu falar dele?

— É claro que sim — respondeu a dona da casa tristemente. — Pois ele é meu irmão e deve chegar daqui a pouco. Sabe, uma vez por ano ele vem me visitar e passa a noite aqui. É só o que posso dizer, porque ele nunca fala nada sobre sua vida. Eu nem mesmo sei onde ele vive o resto do ano.

Quando o sol se pôs no horizonte, a princesa Layla, encolhida num canto da casa, viu quando a porta se abriu e o príncipe entrou, calado, de cabeça baixa, e sentou-se perto da lareira. Ele nem percebeu que havia uma jovem encostada à parede, que passou a noite inteira sem dormir, olhando para ele em silêncio. De manhãzinha ele foi embora e a dona da casa convidou a princesa para ficar trabalhando ali. Um ano depois o príncipe voltou. Sem dizer nenhuma palavra, ela não saiu de perto dele a noite inteira. Outra vez, o príncipe não notou sua presença.

Quando ele voltou no ano seguinte, Layla aproximou-se e lhe disse com voz firme:

— Faz muito tempo que procuro o príncipe El Hadj Ahmed. Você sabe onde posso encontrá-lo?

O jovem levantou o rosto cheio de aflição e ficou por um segundo contemplando os olhos da princesa. Pela primeira vez ele a reconheceu:

— Como eu gostaria de dizer que estou muito feliz por você ter me encontrado. Mas não posso, Layla, eu estou preso a um terrível feitiço, e todo o meu amor por você não pode se realizar.

— Suas palavras não me desanimam — disse a princesa. — Já enfrentei tantos perigos e dificuldades, nada me fará desistir de você agora. Diga-me o que é preciso fazer para quebrar esse encantamento e eu o farei, seja o que for.

— É muito mais difícil do que você possa pensar — respondeu o príncipe. — Ouça-me com muita atenção: em primeiro lugar você deve ficar a meu lado enquanto eu estiver jantando. Assim que eu puser o último pedaço de pão na boca, você precisa pegá-lo antes que eu o engula, depois é preciso que você ache um jeito de arrancar sete fios do meu cabelo sem que eu perceba. Quando eu for embora amanhã cedo, você precisa me seguir de tal forma que eu não a veja. Assim que eu chegar ao meu destino, faça uma fogueira e jogue dentro dela o pão que retirou da minha boca e os fios de cabelo. Finalmente, é necessário que você me espere acordada durante trinta dias e trinta noites.

Uma após a outra, a princesa Layla conseguiu cumprir todas aquelas tarefas. Seguiu o príncipe até a beira do mar, onde havia uma gruta em que ele entrou, logo sumindo na escuridão do seu interior. Na frente da gruta a princesa armou um fogo alto e lá queimou o que precisava ser queimado. Depois ela se sentou na praia e permaneceu durante trinta dias sem dormir. Quando deveria se completar a trigésima noite, apareceu por ali uma jovem que, ao ver a princesa à beira das ondas, perguntou-lhe o que fazia naquele lugar deserto. De bom grado Layla contou sua história, pois já fazia muito tempo que ela não via ninguém. Ao final de sua narração o sono foi tomando conta dela, seu corpo foi se inclinando, sua cabeça encostou na areia e seus olhos se fecharam.

Na manhã seguinte, findos os trinta dias e as trinta noites, surgiu no mar um peixe gigantesco e de dentro de sua boca aberta saiu o príncipe El Hadj Ahmed, finalmente livre. Mas a princesa Layla dormia profundamente. Assim que o príncipe chegou à praia a outra jovem foi correndo ao seu encontro.

— Onde está Layla? — perguntou o príncipe.

— Eu sou Layla — a moça respondeu com um sorriso encantador. — Você não está me reconhecendo porque, assim que joguei o pão e os fios de cabelo no fogo, uma labareda me atingiu e transformou meu rosto.

Ela contou ao príncipe toda a história que havia escutado, e o príncipe não teve como duvidar dela.

Mais tarde, quando a princesa Layla despertou, viu que estava sozinha na praia e entendeu que tinha sido enganada. Ela não chorou e nem se lamentou. Seguiu pela estrada pensando unicamente que precisava continuar sua busca. Em todos os lugares ela indagava:

— Estou procurando um príncipe que se chama El Hadj Ahmed. Alguém conhece seu paradeiro?

Depois de muito caminhar ela descobriu o lugar onde o príncipe morava. A princesa comprou um tecido de seda e fios coloridos. Então bordou no pano um palácio com tantas janelas quantos meses ele tinha vivido, com dois bancos de cedro e duas colunas de marfim. Na parte de baixo do pano, bordou frases com letras de todas as cores:

Príncipe El Hadj Ahmed, se você tivesse um cofre de ouro trancado com uma chave preciosa e essa chave fosse perdida? E se outra chave lhe fosse dada e você tivesse ficado com ela, pensando que ela poderia abrir o cofre? E se, depois de muito tempo, a chave verdadeira aparecesse, com qual das chaves você ficaria?

Terminado o trabalho, a princesa Layla guardou o tecido bordado em uma caixa perfumada. Já era noite quando chegou ao jardim em frente ao palácio do príncipe. Pediu a um servo que entregasse aquele presente a seu amo, dizendo que ficaria ali esperando a resposta à pergunta que estava dentro da caixa.

Logo depois o príncipe apareceu e foi se aproximando da jovem parada à beira da fonte do jardim. Quando chegou bem perto dela, ele a abraçou, muito feliz, e disse:

— É claro que a primeira chave é a única que pode abrir o cofre e é só com ela que quero ficar.

Naquela noite estrelada, o príncipe El Hadj Ahmed reconheceu a verdadeira princesa Layla e eles se encontraram, enfim, para sempre.

A pergunta
(conto indiano)

Este conto é um outro exemplo de história de ensinamento, relatado por um mestre indiano, Hazrat Inayat Khan, que sempre contou histórias em seus textos e palestras. Um dia, um homem chamado Mansur Johnson reuniu várias delas num livro, depois de sua morte. Na introdução desse livro, o filho de Inayat Khan diz:

"Uma história é uma maravilhosa oportunidade para um professor ilustrar um ponto de um modo prático e tangível, atingindo seus alunos na sua vida cotidiana."

Ao ler contos como este que encontrei no livro de Inayat Khan, tenho a impressão de que subitamente minha atenção é deslocada para outro lugar. Como se eu estivesse andando por uma rua conhecida e de repente, sem mais nem menos, virasse uma esquina e me encontrasse no alto de uma montanha.

O texto é conciso, enxuto. São poucas palavras, mas dizem tanta coisa. Dentro de uma narrativa sem detalhes, que tem uma boa dose de humor e sagacidade, surge uma questão surpreendente, que faz parar nosso modo habitual de pensamento.

As histórias de ensinamento têm essa qualidade única de desorganizar nossa visão preconcebida do mundo, abrindo espaço para uma nova possibilidade de compreensão. Como acontece nessa curta e brilhante história bastante conhecida na Índia.

Num certo país bem distante daqui havia um costume que era considerado como uma lei para os habitantes daquele lugar: ninguém podia passar na frente de uma pessoa se ela estivesse rezando. Não se sabe a origem ou causa de tal proibição, mas isso não vem ao caso na nossa história, que começa numa bela manhã de sol, em uma praça bem no meio de uma importante cidade daquele país.

Um homem religioso sentou-se num canto da praça e preparou-se para começar suas orações. Bem naquele momento, uma jovem surgiu na praça caminhando apressadamente na direção do santo homem, e acabou passando diante dele, distraída, com a respiração ofegante.

O religioso ficou indignado.

"Que ousadia", ele pensou consigo mesmo. "Vou esperar essa jovem voltar e lhe dar uma lição."

E lá ele ficou. O tempo passou e passou e o homem não se moveu do lugar. O dia já estava terminando quando a jovem apareceu do outro lado da praça, agora caminhando mais devagar. Parecia sonhadora, ainda mais distraída. No momento em que ela passava na frente do homem santo, ele a chamou, falando com uma voz autoritária, mal disfarçando a enorme irritação:

— Você foi bastante atrevida hoje de manhã. Por acaso ignora que é proibido passar diante de um homem que esteja rezando?

A jovem parou, assustada. Voltou-se para o homem e lhe disse:

— Já que não há mais ninguém aqui, vejo que é comigo mesmo que o senhor está falando. Mas muito me espantam suas palavras, senhor. Eu não sei que costume é esse, porque não sou deste lugar. Além do mais, o senhor disse que estava rezando. O que quer dizer "rezar"?

— Para mim — respondeu o homem levantando a cabeça todo empertigado — "rezar" significa pensar completamente em Deus.

— Pois então — disse a moça com um sorriso apaziguador — o senhor que me desculpe, eu jamais teria violado uma lei se tivesse conhecimento dela. Sabe, eu vim para esta cidade para me encontrar com meu namorado, que mora aqui, e quando cheguei a esta praça hoje pela manhã, estava já bem atrasada. Eu vinha absorta, pensava tão completamente no meu amor que nem vi o senhor. E agora me diga, se o senhor estava rezando, quer dizer, pensando completamente em Deus, como foi que o senhor me viu?

O violino cigano
(conto cigano)

Os temas da cultura cigana têm muitos elementos comuns com as culturas por onde os ciganos passaram, desde que surgiram, segundo se diz, na Índia há muitos e muitos séculos atrás. Ao mesmo tempo, a tradição desse povo está impregnada do que conhecemos como o "espírito cigano", que tem características como as que aparecem no conto que relatamos em seguida: a importância da música, tocada e dançada — e em especial a sonoridade do violino —, e sua ligação forte com as artes da magia. É difícil para nós, observadores de fora, compreender esse povo, do qual geralmente temos visões preconcebidas, falseadas pela nossa imaginação. O fato é que não temos experiência da cultura cigana autêntica, não temos acesso a suas comunidades fechadas. Por isso quem sabe uma história contada por eles mesmos poderá revelar, por meio da melodia de suas próprias palavras, da força viva de suas imagens, um pouco da alma desse povo que traz ecos de uma humanidade tão ancestral.

Numa bela casa rodeada por um bosque enorme e sombrio viveu muito tempo atrás um barão viúvo e rico, com suas três filhas. A mais velha se chamava Dronha e era talvez a pessoa mais insuportável das redondezas. Porque além de muito feia, com sua boca enorme de dentes pontiagudos, ela conseguia deixar uma impressão horrível em todos os que a conheciam. Achava que o mundo conspirava contra ela e não poupava ninguém do seu mau humor, com suas palavras sempre ríspidas e seus olhos apertados em constante irritação. A filha do meio era mais tonta do que propriamente de má índole. Mas era preguiçosa e impaciente, e maltratava todo mundo exigindo que seus desejos fossem satisfeitos imediatamente. Seu nome era Catina e sua aparência se igualava à de Dronha em feiura. O pior de tudo era o contraste entre as duas e a irmã mais nova, Leila. Não havia ninguém que não gostasse dela. Bela como um botão de rosa, parece que sua beleza tornava-se ainda mais exuberante pela alegria e doçura que acompanhavam todos os seus gestos, pela graça do seu olhar, pelo acolhimento atencioso que dispensava a quem se aproximava dela. Por sua causa, a situação das outras irmãs ficava ainda mais delicada. Era evidente, por exemplo, a preferência do velho barão pela filha mais nova e, o mais grave, todos os jovens do povoado só pediam a mão de Leila em casamento. Para garantir que as outras duas não ficassem solteiras, o pai dizia que só permitiria que Leila se casasse depois das irmãs. Isso não adiantou nada, já que ninguém aparecia para cortejar Dronha e Catina.

Um dia elas pediram ao pai que não deixasse mais Leila ir junto com elas aos bailes e festas, para ver se alguém as convidava para dançar. Assim foi feito, mas mesmo Leila tendo concordado de bom grado em não sair de casa, as irmãs ficavam a noite inteira sentadas num canto da festa, ignoradas por todos. A raiva que as duas sentiam de Leila foi aumentando dia a dia, até que Dronha chamou Catina e lhe disse:

— Temos que fazer alguma coisa para nos livrarmos da Leila. Se ela continuar viva, não há esperança para nós, vamos ficar solteiras até a nossa morte.

— Que horror — disse Catina —, ela é nossa irmã, você não pode nem pensar em fazer nada contra ela. Não conte comigo para nenhum plano.

— Pois então está bem. Cuido de tudo sozinha, não preciso mesmo de uma idiota que só atrapalha como você.

No dia seguinte Dronha convidou Leila para dar um passeio no bosque. Leila ficou feliz, afinal quase nunca saía de casa e adorava caminhar no meio das árvores. As duas passaram a tarde conversando enquanto se embrenhavam cada vez mais para o fundo do bosque, onde havia um grande precipício à beira do caminho. Foi para lá mesmo que Dronha conduziu a irmã sem que ela desconfiasse de nada.

— Nossa — disse Leila —, eu nunca tinha chegado até aqui. Imagine se alguém cair lá embaixo, dá medo só de pensar.

— Que tal experimentar esse medo pessoalmente? — gritou Dronha, empurrando Leila com toda força abismo abaixo.

No meio da queda, a pobre menina agarrou um ramo de zimbro enraizado no morro e ali ficou dependurada, tentando não soltar a mão de jeito nenhum.

— Por favor — ela dizia —, não faça isso comigo, Dronha. Não me deixe morrer neste lugar. Ajude-me a sair daqui.

— Vou ajudá-la, com certeza — respondeu a irmã completamente transtornada. E, pegando um pedaço de pau, Dronha bateu com força no galho de zimbro e ele se quebrou.

Leila deu um grito de pavor e caiu nas profundezas do abismo, segurando o que restou do galho ainda preso na sua mão. A irmã olhou para baixo e não viu nem sinal dela. No silêncio daquele lugar tenebroso ficou guardado o segredo do seu crime, e ela foi para casa certa de que tinha feito o que era necessário e que agora sua sorte ia mudar.

No dia seguinte o barão achou estranho que Leila não estivesse em casa e que ninguém soubesse dizer para onde ela tinha ido. Preocupado, ordenou que os empregados dessem uma busca nos arredores, depois foi ele mesmo acompanhado de homens valorosos procurar a menina nos quatro cantos daquele reino, dia e noite sem parar. Mas Leila tinha desaparecido e, por incrível que pareça, ninguém se lembrou de procurá-la no abismo do bosque. Um ano se passou, e enquanto na casa-grande o barão chorava a perda da sua filha querida, Leila jazia sem vida no fundo do precipício. Mas enquanto seu corpo se decompunha e se misturava à terra, às folhas secas, às pedras e à areia, o ramo de zimbro que permanecia na sua mão foi se enraizando e ganhando força no meio daquele solo fértil e úmido. Depois de dois anos transformou-se numa árvore comprida, cujos ramos mais altos chegaram até o caminho à beira do abismo. A copa imponente da árvore de zimbro balançava ao vento, e de seus galhos emanava uma estranha melodia, que em tudo se parecia com uma música cigana.

Todos os dias, atraído por essa melodia, um jovem pastor cigano chamado Lavuta se aproximava da árvore e sentava-se embaixo dela. Ele era conhecido como o melhor tocador de violino da região. As pessoas diziam que, quando ele tocava, era como se os mais melodiosos espíritos da floresta estivessem animando seu coração e seus dedos. Todos paravam seus afazeres para escutá-lo, até as crianças, as plantas, os animais e os rios se aquietavam num silêncio embevecido, quando Lavuta tocava.

Toda vez que ele ouvia o lamento da árvore de zimbro, deixava seu rebanho e vinha para perto dela, sentava-se, punha seu velho violino sob o queixo e começava a tocar. O violino estava bastante estragado, mas Lavuta gostava dele como se gosta de um amigo querido. Um dia, enquanto tocava entretido embaixo da árvore, o arco do violino se partiu. Lavuta depositou o violino no chão para examinar o arco, e no mesmo instante o violino escorregou precipício abaixo. Ele se levantou de um salto, mas não conseguiu pegá-lo. O pastor desesperou-se, pois aquele violino era tudo que ele tinha neste mundo, e chorou por muito tempo, até adormecer inconformado, deitado de bruços, com o rosto na terra.

E então ele teve um sonho: ele estava ali, naquele mesmo lugar, escutando o murmúrio dos galhos da árvore de zimbro, e aos poucos o triste lamento foi se transformando numa música que soava como um violino. Ele percebeu que era seu violino que tocava sozinho e, junto com ele, uma voz de mulher cantava uma triste melodia cigana. Ele compreendia muito bem as palavras da canção, que dizia:

"Lavuta, pegue seu violino e toque, para todo mundo saber que eu fui morta por uma mulher má de dentes pontiagudos."

O pastor, dentro do seu sonho, pensou que não poderia tocar, pois o violino tinha caído no precipício. Como se tivesse escutado seus pensamentos, uma voz ecoou lá do fundo do abismo, dizendo-lhe que cortasse o alto do tronco da árvore de zimbro e que com a madeira fizesse outro violino.

Quando acordou logo em seguida, Lavuta lembrou do sonho com todos os detalhes, achou tudo muito estranho, mas ao mesmo tempo resolveu não dar muita importância, pois aquilo tinha sido apenas um sonho.

Depois de reunir o rebanho, ele voltou para seu quarto, que ficava num lugar distante, dentro das terras do barão. Naquela mesma noite ele teve outro sonho: via uma linda jovem entrar no seu quarto segurando um violino. Olhando melhor, percebeu que era seu violino que ela estendia na sua direção. Em língua cigana, ela lhe dizia:

— Toque seu violino e depois quebre-o de encontro à mesa. Se fizer isso, eu serei sua mulher.

Em seguida ela desapareceu no ar e Lavuta acordou. Nesse mesmo momento ele tomou uma decisão. Na manhã seguinte, assim que se levantou, foi até a beira do precipício para cortar a árvore de zimbro. Passou o dia inteiro esculpindo e moldando a madeira, até que o violino ficou pronto quando a noite chegou. Feliz da vida, admirando sua obra, Lavuta se preparou para experimentar o violino, mas assim que levantou o arco, o violino começou a tocar sozinho. Era a mesma melodia e a mesma voz cantando a canção cigana do seu sonho.

A melodia soava muito alto e chegava lá fora, pela janela aberta do seu quarto. O cuidador dos cavalos do barão, que passava por ali naquele momento, ouviu as estranhas palavras daquela música e foi falar com Lavuta:

— Quem está cantando? — ele perguntou.

Lavuta lhe contou toda a história desde seu primeiro sonho, e o amigo o aconselhou a mostrar o violino mágico para o barão.

— Você sabia — ele disse — que a mulher do barão era cigana? Acho que ele vai gostar de conhecer esse milagre e vai até compreender as palavras da canção.

Os dois foram juntos até a casa-grande e pediram para ver o barão. Quando ele apareceu, o violino começou a tocar e o pobre velho arregalou os olhos, sobressaltado:

— É a voz da minha filha. Onde é que ela está?

Ele correu pelos cantos da sala, por toda parte, e não encontrou ninguém. Mas as palavras da música ele havia entendido muito bem, e sabia perfeitamente quem era a mulher má de dentes pontiagudos. Horrorizado, ele foi atrás da filha mais velha e não teve muito trabalho em fazê-la confessar o que havia feito. O velho barão expulsou as duas filhas de sua casa, dizendo-lhes que nunca mais voltassem, achando que Catina tinha sido cúmplice da irmã, embora ela não soubesse de nada.

Enquanto isso, de volta ao seu quarto, Lavuta ficou um certo tempo segurando o violino mágico, pensando na jovem que havia aparecido no seu sonho.

— Será que é mesmo Leila, a filha do barão? — ele dizia para si mesmo. — Ela prometeu que se casaria comigo se eu quebrasse o violino na mesa.

Ele não sabia se devia ou não acreditar no sonho. Olhou o violino pela última vez e com um gesto firme espatifou-o de encontro à mesa. No mesmo momento, Leila apareceu, viva, diante dele. Na mão ela trazia seu velho violino, consertado, com cordas novas, a madeira brilhando, perfeita. Completamente aturdido, Lavuta escutou sua história.

— Durante dois anos eu fiquei enterrada no abismo — ela começou, falando com voz doce e perfumada. — Minha mãe foi uma cigana conhecedora das artes da magia. Quando meu pai a conheceu, ficou encantado com sua beleza e apaixonou-se por ela. Ela também o amou, mas antes de se casarem ela foi amaldiçoada por um espírito que a desejava para si. O espírito determinou que todas as crianças que nascessem daquela união seriam feias e más. Depois que minhas duas irmãs nasceram, minha mãe suplicou ao espírito que a libertasse do feitiço. Ele concordou, com uma condição: quando ela tivesse outra criança, deveria morrer e ir viver com ele no reino dos espíritos. O preço da minha beleza foi a morte da minha mãe. Depois, quando minha irmã me empurrou no precipício, a alma da minha mãe se converteu no ramo de zimbro que eu agarrei na queda. E foi segurando o ramo, a mão da minha mãe, que eu caí lá embaixo. Criando raízes, o ramo virou árvore e eu pude nascer pela segunda vez do corpo da minha mãe. Mas a minha forma humana eu só poderia recuperar se um homem transformasse a madeira da árvore no objeto mais querido do seu coração. Você amava seu violino, Lavuta, e quando ele caiu no abismo eu sabia que apenas você, com seu amor, poderia me devolver à vida. Por isso apareci no seu sonho e agora estou aqui.

— Parece que o que tinha que acontecer já foi feito — disse Lavuta. — Eu recebi meu violino de volta e você voltou a viver. Mas também me lembro de uma certa promessa...

— Eu não a esqueci — disse Leila com um sorriso encantador. — Você não quer experimentar seu violino, antes de mais nada?

Lavuta se preparou para tocar e, como antes, o violino começou a tocar sozinho a melodia do sonho acompanhada da canção cigana. Pouco depois o barão entrou, atraído pela música, e mal pôde acreditar quando viu a filha estendendo os braços para abraçá-lo.

— Meu pai — ela disse —, o pastor Lavuta me devolveu à vida e eu prometi casar-me com ele.

O velho barão estava tão radiante que não fez nenhuma objeção ao casamento. Pouco importava se seu futuro genro era um pobre pastor; a única coisa que ele queria era ver sua filha feliz e viva.

E ele nunca teve nenhuma razão para se arrepender do seu consentimento. O pastor Lavuta ficou conhecido em todo o reino, não por ter se casado com a filha do barão, mas sim por ser o maior violinista de que aquele povo teve notícia. Até hoje se contam histórias que falam de como Leila e Lavuta se amaram, dos filhos que tiveram e de como o pastor prosperou e tornou-se senhor daquelas terras, graças à sua arte, que a todos encantava. Mas todas as histórias que foram contadas, de geração em geração, começam falando do verdadeiro amor e da sabedoria de uma mulher cigana.

O gênio do poço
(conto árabe)

Como a história da bela Fahima, esse conto encontra-se no livro de *Idries Shah*, Buscador da verdade, *citado anteriormente. É um outro exemplo de "conto do demônio logrado", segundo a classificação de Câmara Cascudo. Só que aqui a figura do mal não é o diabo, mas um gênio, personagem bastante comum na literatura oral da cultura árabe. Os comentários a respeito do conto "Carvões para a lareira do diabo" também podem ser úteis aqui. O humor que anima o relato, a esperteza da mulher e a tontice do gênio são ingredientes que conferem um tom especialmente divertido a esta história.*

Um homem e uma mulher estavam casados havia muitos anos. Ninguém sabia como isso era possível. Eles brigavam tanto, o tempo todo, que as pessoas não entendiam por que não se separavam. O tempo passava e cada vez eles exageravam mais, passando dos gritos para puxões de cabelos, e muitos outros tipos de maus-tratos que é melhor não enumerar.

Pois um dia eles estavam tão exaltados que saíram se engalfinhando pela porta dos fundos e foram parar no quintal. O marido destratou a mulher de um tal jeito que ela perdeu a cabeça. Ela o empurrou com tanta força que ele caiu dentro do poço que havia no quintal. O problema de fato não foi ele ter despencado nas profundezas daquele poço. É que ele continuou gritando lá embaixo, ameaçando a mulher com tamanho estardalhaço, que acabou acordando um gênio maligno que havia séculos dormia dentro do poço. Vendo que era impossível permanecer ali junto com aquele ser humano insuportável, o gênio ficou furioso e foi obrigado a abandonar sua morada. Quando saiu à luz do dia, encontrou a mulher sem saber o que fazer, parada à beira do poço. O gênio dirigiu-se a ela com palavras ainda mais terríveis do que ela estava acostumada a ouvir do marido:

— Quem teve a ousadia de perturbar meu sono secular? Nunca em toda a minha vida conheci uma pessoa tão intratável como esse homem, que horror! Quem foi o ser abjeto que jogou esse pesadelo em forma humana no meu poço?

— Fui eu — disse a mulher. — E muito me admira a sua reação. Eu aguento esse homem há mais de vinte anos e você, que é um gênio e tem poderes, não conseguiu conviver com ele nem por uns minutinhos?

O gênio, mesmo sendo maligno, ficou tão impressionado com a desgraça daquela mulher que teve pena dela. Com uma cara de quem a entendia muito bem, ele disse:

— Se é verdade o que está me falando, então você é uma verdadeira heroína. Olhando para você eu não imaginaria que fosse tão forte assim.

— Bem — disse a mulher. — O que está feito, está feito. Eu tenho uma sugestão: por mim, ele não sai mais do poço. E já que você não quer voltar para lá, que tal viajarmos juntos até a cidade? Eu vou procurar alguma coisa para fazer, recomeçar minha vida em outro lugar, bem longe daqui.

O gênio achou que era uma proposta razoável e os dois se foram juntos pela estrada, parecendo até velhos conhecidos, pelo modo como conversavam.

— Você tem alguma ideia do que vai fazer na cidade? — perguntou o gênio quando pararam para descansar embaixo de uma árvore à beira do caminho.

— Nenhuma — respondeu a mulher. — Mas isso não é problema, qualquer coisa é melhor do que a vida que eu levava antes.

— Eu acabo de pensar em algo muito bom — disse o gênio com um daqueles sorrisos misteriosos, típicos de todos os gênios conhecidos. — É infalível. Trata-se do seguinte: o rei que vive nesta cidade para onde estamos indo tem uma filha que é a luz dos seus olhos. Eu posso entrar no corpo dela e me apoderar do seu espírito. O rei vai ficar desesperado e dará uma enorme recompensa a quem curar a princesa. Eu vou ensinar para você umas palavras mágicas, que você deverá murmurar no ouvido da princesa, e assim você ficará com o dinheiro da recompensa. Que tal?

— Melhor impossível — disse a mulher. — Só mesmo um gênio para ter uma ideia tão fantástica.

— Mas existe uma condição: essas palavras da fórmula mágica que você vai aprender só poderão ser usadas uma única vez. Se você romper nosso trato, eu vou me apoderar do seu espírito e não a deixarei em paz.

— Pode contar comigo — prometeu a mulher. — Depois de salvar a princesa eu vou esquecer as palavras mágicas, fique tranquilo.

Eles continuaram viajando até que chegaram à capital do reino, e o gênio não perdeu tempo. Logo o palácio estava em grande agitação. Muitos serviçais saíram correndo pela cidade à procura de médicos, curandeiros, adivinhos, qualquer um que pudesse socorrer a princesa. A pobre se debatia, gritava palavras sem nexo, se contorcia, fazia pena.

Todo o povo do lugar comentava que aquilo não podia ser doença, muitos tinham certeza de que ela tinha sido possuída por um demônio.

A mulher se aproximou do palácio e perguntou aos guardas o que estava acontecendo.

— Uma terrível desgraça — eles responderam. — O rei está oferecendo uma quantidade enorme de moedas de ouro à pessoa que conseguir expulsar o demônio que tomou conta de sua filha.

— É só isso? — ela disse. — Pois então o problema acabou. Eu sou a maior exorcista deste mundo. Vocês tiveram muita sorte que eu parasse justamente aqui no meio de minha viagem, totalmente por acaso, para descansar. Não há tempo a perder. Levem-me imediatamente até a princesa.

No meio do quarto da princesa, diante do rei, da rainha e de várias pessoas da corte, a mulher fechou os olhos e pediu que lhe trouxessem a jovem princesa. Ela veio arrastada por dois guardas, tendo convulsões horríveis, vociferando sem parar. A mulher ficou um tempo imóvel, com as mãos estendidas, depois abriu os olhos, chegou bem perto da princesa e falou umas palavras baixinho, no seu ouvido. Como se fosse um milagre, a princesa se acalmou. O gênio a havia abandonado.

O rei ficou muito agradecido e imediatamente cumpriu o que tinha prometido. A mulher saiu do palácio com dinheiro suficiente para viver bem o resto da sua vida.

O tempo passou, e um dia o gênio começou a pensar em fazer alguma maldadezinha para se distrair. Ele não podia voltar a dormir no seu poço, ficou meio sem ter o que fazer e, antes que o tédio o invadisse, acabou um tanto por acaso se apoderando de um outro espírito, dessa vez o da rainha.

O rei já sabia o que fazer. Mandou chamar a exorcista que tão bem tinha resolvido o caso da princesa, dizendo-lhe simplesmente que, se não curasse a rainha, ela morreria.

Bem, como todo mundo pode ver, a mulher não tinha saída. Disse a fórmula mágica no ouvido da rainha e ela ficou boa.

Mas o gênio ficou péssimo. Apareceu diante da mulher completamente transtornado, espumando de raiva, gritando palavras de fogo:

— Você traiu nosso pacto e vai conhecer a inimaginável conse-quência desse ato indigno. Você vai se arrepender do que fez e será tar-de demais, nada poderá serenar minha fúria. Vou me apoderar do seu espírito, como prometi, e no estado em que você vai ficar, jamais se lembrará da fórmula para me exorcizar.

— Pode ir achando um jeito de se acalmar — respondeu a mulher sem se alterar. — Sabe, eu estava aqui pensando: se você fizer mesmo isso, eu prometo que volto imediatamente para meu marido. Nesse caso eu vou ter que aturá-lo, mas você também vai ter que conviver com ele, enquanto estiver morando dentro de mim. Que tal?

Só de pensar nessa possibilidade, o gênio sentiu um arrepio atra-vessando sua espinha. "Tudo menos isso", ele pensou. E se pensou, mais rápido agiu. Sumiu numa cortina de fumaça e nunca mais a mu-lher o viu, nem ouviu falar de sua existência sobre a Terra.

A princesa que foi educada como um homem
(conto indiano)

Os contos tradicionais podem ser transmitidos por meios às vezes misteriosos. O antigo modo boca a boca, típico das culturas tradicionais, sobrevive hoje em dia ao lado, por exemplo, do xerox e do e-mail. Chitrangada me foi presenteada numa cópia xerografada, que encontrei por acaso sobre a mesa do apartamento de um amigo em Madri. No alto da primeira página, escrita em letra manuscrita, a referência apressada: Mahabarata. Então a única coisa que sei sobre esse conto é que ele faz parte da clássica saga indiana. Entre todos os livros sagrados indianos, o Mahabarata é o mais popular. Na Índia de hoje existem histórias em quadrinhos, programas de rádio e televisão que contam essa epopeia milenar. Seu tema principal é a disputa entre duas famílias de primos, os Pandava e os Kaurava. Sobre o Mahabarata, o grande filósofo indiano Ananda Coomaraswamy disse: "O fato mais importante a ser notado sobre este épico é que, do começo ao fim, seu maior interesse está no caráter humano. Nós somos testemunhas da lei segundo a qual, do mesmo modo como a ostra faz sua própria concha, assim a mente do ser humano cria e tem necessidade de sua própria vida e de seu próprio destino. Toda a filosofia da Índia está implícita neste romance, assim como está na vida comum de todo dia. O Mahabarata constitui, e tem a intenção de constituir, um supremo apelo ao coração e à consciência de cada geração. Muito mais do que uma tradição nacional, corporifica uma tradição moral".

Mas por se tratar de obra muito extensa, até hoje não descobri de que parte dela o conto da princesa Chitrangada foi retirado. Fico devendo essa informação, embora eu duvide de que, diante dessa fantástica narrativa, esteja faltando qualquer coisa para sua completa apreciação.

Em Manapur existiu uma vez um rei que não teve nenhum filho homem. Como precisava de um herdeiro para o trono, resolveu educar sua única filha como se fosse um menino. A princesa Chitrangada não era bonita, muito pelo contrário. E como desde a mais tenra idade acostumou-se a manejar o arco e a flecha, a cavalgar pelos bosques com roupas masculinas caçando junto com os homens, seus modos, costumes, gostos e sonhos nem de longe se assemelhavam ao que se esperaria de uma princesa de sangue real.

Naquele tempo, os Pandava tinham sido expulsos de seu reino pelos primos, os Kaurava, que tomaram o lugar dos primos banidos e se proclamaram reis. O grande guerreiro Arjuna era conhecido como o mais belo aventureiro dos Pandava, e seus feitos heroicos eram cantados por toda a parte. Enquanto as jovens no palácio de Chitrangada ficavam imaginando a beleza de Arjuna, a princesa só prestava atenção aos relatos de sua bravura e encantava-se com sua habilidade de atirar uma flecha com os olhos fechados e, ainda assim, acertar o alvo.

Mas, ao mesmo tempo, coisas terríveis aconteceram durante o exílio dos Pandava na floresta. Muitos bandidos se aproveitaram da briga entre os primos rivais e começaram a invadir e saquear aldeias nas redondezas, espalhando o terror por toda parte. Para defender o reino de Manipur, Chitrangada montou seu cavalo e passou a comandar o pequeno exército de seu pai. Logo ela foi aclamada por sua coragem, por sua habilidade de guerreira, por sua perseverança. O povo a adorava e confiava nela cegamente. Os inimigos a temiam. O tempo foi passando e, enquanto as jovens do palácio realizavam suas festas de casamento, a princesa Chitrangada tornava-se cada vez mais hábil na caça, na luta, nas decisões no conselho de ministros e nos tribunais. Cada vez mais feia e embrutecida, ela não se lembrava, e ninguém se lembrava também, de que havia nascido mulher.

Um dia, cavalgando por um bosque acompanhada de alguns guerreiros, ela viu um homem dormindo à sombra de uma árvore, coberto dos pés à cabeça com seu manto. Sem descer do cavalo, ela cutucou o pé do homem com sua lança. Em um único movimento ele se levantou e armou sua flecha na direção de quem o havia atacado. Encontrou o olhar zombeteiro de Chitrangada, que o encarava com um riso de deboche. Mas, em seguida, ele abaixou sua arma e disse simplesmente:

— Eu jamais lutarei com uma mulher, por mais que ela se pareça com um homem.

Enfurecida, ela retrucou:

— Com certeza você não é do meu reino, senão saberia que sou capaz de lutar melhor que um homem. Quem é você?

— Meu nome é Arjuna — ele respondeu tranquilamente.

— Arjuna, o Pandava, banido de seu reino? O grande herói de quem tenho ouvido as aventuras mais inacreditáveis?

Chitrangada quase perdeu a respiração diante daquele que ela admirava mais do que ninguém no mundo.

— Eu mesmo — ele respondeu. — E se você pretendia lutar comigo, pode perder as esperanças. Decidi viver como um ermitão durante um ano nesta floresta. Assim, nem com suas armas e muito menos com seus dotes femininos você seria capaz de me vencer — ele disse com um sorriso irônico, embrenhando-se pelo mato, desaparecendo rapidamente dentro da floresta.

Naquele momento, a princesa Chitrangada perdeu a noção do tempo e do espaço, da razão e do dever. Guiada pelo redemoinho de fogo que se apoderou de seu coração, galopou feito louca na direção do palácio, correu para seus aposentos e lá se trancou. Com gestos febris, suas mãos agitadas foram arrancando uma por uma suas roupas de homem. Ela procurou nos baús empoeirados as vestes e ornamentos que tinham sido de sua mãe, e foi se cobrindo desajeitadamente com um sári dourado, colares, anéis, pulseiras, enfeitou os cabelos e dirigiu-se para o espelho, cheia de ansiedade. A imagem que ela viu a deixou horrorizada.

— Como posso agradá-lo com meus encantos de mulher? Eu sou muito, muito feia — ela disse chorando, enquanto abraçava sua ama, que sempre cuidara dela, desde menina.

— Mas princesa, o que foi que aconteceu? Eu nunca a vi dessa maneira, tão desamparada. Você tem enfrentado os inimigos mais ferozes, vencendo todos os desafios com a bravura de um homem.

— É justamente essa bravura que não me serve de nada agora — disse a princesa soluçando. — É o que menos vai me ajudar a conquistar o homem que amo.

— Se entendi direito, acho que posso ajudá-la — disse a ama docemente. — Faça o que deve ser feito. Você precisa ir até o templo do Amor, na entrada da floresta, e diante do altar pedir à deusa que a torne bela, por um ano que seja.

A princesa parou de chorar e, animada com aquelas palavras, saiu correndo para o templo. Lá dentro não havia ninguém. Ela ajoelhou-se diante do altar e, com a cabeça voltada para o chão, disse baixinho:

— Por um ano, por um ano apenas, eu quero ser jovem e muito bonita.

Enquanto repetia seu desejo, sem cessar, ela foi se deixando embalar pela cadência de sua voz, pelo perfume das flores e do incenso espalhados pelo templo, e acabou adormecendo.

Quando um raio de sol iluminou seu rosto na manhã seguinte, ela abriu os olhos devagar e demorou um pouco para entender onde estava. A primeira coisa que sentiu foi uma vaga alegria. Uma leveza envolvia seu corpo e sua alma, sem que ela soubesse por quê. Ao apoiar a mão no chão para levantar-se, que mão era aquela, pequena, delicada e branca como a de uma donzela do palácio? Surpresa, ela caminhou até a fonte na entrada do templo. Maravilhada, demorou para acostumar-se com a mulher que viu refletida no espelho de águas límpidas. Aquela jovem vestida com o sári dourado e joias que realçavam suas formas perfeitas, encantadora e suave como um botão de rosa na primavera, era ela mesma?

A felicidade escapou de seu peito num canto delicado de agradecimento à deusa. E a voz da princesa que cantava nem de longe lembrava o timbre áspero da guerreira Chitrangada.

A jovem foi se embrenhando para dentro da floresta, com o coração cheio de esperança. Depois de um tempo ela encontrou Arjuna, sentado numa clareira, de olhos fechados, meditando. O som dos guizos nos pés da jovem anunciaram sua presença, e Arjuna abriu os olhos. E o que aconteceu naquele momento, nem mil palavras de um contador de histórias seriam capazes de relatar direito. As juras de amor que Arjuna e a princesa Chitrangada trocaram, extasiados um com o outro, ficaram gravadas para sempre na terra daquele chão, no céu azul daquele lugar. Para sempre eles queriam ficar juntos. E desejaram que o tempo parasse.

Mas o tempo não parou. A princesa disse a Arjuna que se chamava Jaya. Com esse nome encantou-o como uma fada e amou-o como uma mulher, durante dias, semanas e meses. Ao mesmo tempo, enquanto vivia cada minuto de felicidade junto daquele homem magnífico, a princesa não se esquecia que o ano se escoava e que o dia de seu prazo final se aproximava cada vez mais.

Até que esse dia chegou e, quando Arjuna acordou, Jaya não estava ao seu lado. Lá fora ele ouviu vozes que se aproximavam da clareira onde moravam. De repente, chegaram muitas pessoas a pé, a cavalo, camponeses e soldados, procurando pela princesa Chitrangada. Eles traziam um enorme cavalo negro, ricamente ajaezado, e sobre a sela do cavalo havia um arco, flechas e roupas de homem.

— O que vocês fazem aqui? — perguntou Arjuna.

— Depois que a nossa princesa desapareceu — respondeu um homem — os bandidos têm incendiado nossos campos e nossas aldeias. Nós precisamos encontrá-la, antes que eles cheguem à capital do reino. Só ela poderá nos salvar, como sempre fez antes de seu desaparecimento.

Ele não conseguiu terminar de falar, pois um murmúrio exaltado tomou conta de todos. Eles olharam na direção da gruta, levantaram os braços agitados e gritaram:

— Chitrangada, finalmente a encontramos!

Arjuna virou-se e viu uma mulher horripilante, ossuda e desengonçada, vestida com um sári dourado.

— Quem é você? — perguntou. — Nessa gruta vivo com Jaya, minha mulher. Onde ela está?

Com uma voz grave e áspera, Chitrangada respondeu:

— Ela continua viva, no fundo do meu coração.

E sem dizer mais nada, ela olhou Arjuna com os mesmos olhos

negros e brilhantes que iluminavam o rosto de Jaya, e correu para seu cavalo. Vestiu as roupas de homem que a esperavam, saltando sobre a sela. Então Arjuna lembrou-se daquela mulher guerreira que um ano atrás o havia desafiado cutucando seu pé com a lança.

A princesa esporeou o cavalo e saiu em disparada enquanto as pessoas a aclamavam. Arjuna montou em outro cavalo e a seguiu. Juntos combateram com bravura e venceram os exércitos dos bandidos. Nas aldeias, o povo festejou por dias seguidos, com danças e cantos. Enquanto Arjuna e a princesa retornavam lado a lado pelo caminho, chegavam à beira da floresta onde tinham vivido por um ano inteiro.

Arjuna entendeu que continuava a amá-la, e estendeu a mão para que juntos entrassem na floresta. A princesa Chitrangada sorriu, com os mesmos olhos negros e brilhantes que Arjuna conhecera no rosto de Jaya e lhe disse:

— O que resta em mim da bela mulher que viveu na gruta com você é o mais importante. Aquilo que está guardado dentro do nome Jaya, que quer dizer "vitória".

Na verdade, ela já nem era mais tão feia quanto antes.

Mãe Wu
(conto chinês)

O silêncio é muito importante no universo da arte de contar histórias. Alguns contos, quando relatados, deixam a audiência tão perplexa que ninguém se mexe do lugar. Na literatura brasileira existe um momento memorável que descreve esse efeito que um certo tipo de narrativa pode causar. É a última frase do conto "O espelho", de Machado de Assis: "Quando os outros voltaram a si, o narrador tinha descido as escadas". Os personagens do conto tinham ficado tão ensimesmados, tão completamente envolvidos com a história contada pelo narrador, que nem perceberam quando ele foi embora.

A história de Mãe Wu sacode o modo costumeiro, arrumadinho, com que vivemos e acreditamos viver nossa vida cotidiana. É um bom exemplo da abrangência insuspeita das narrativas tradicionais. Em geral vive nas pessoas a crença de que tais narrativas se resumem a "contos de fadas", histórias maravilhosas apenas para crianças. Talvez porque não tenhamos vivido as noites em volta da fogueira, em que os mais velhos contavam histórias aterradoras, "causos" tidos como acontecidos, cheios de fatos inexplicáveis de arrepiar os cabelos.

E como uma lembrança puxa a outra, registro: em um conto cujo título também é "O espelho" — não o de Machado de Assis, mas o de João Guimarães Rosa, igualmente um grande escritor brasileiro — está escrito que "... a espécie humana peleja para impor ao latejante mundo um pouco de rotina ou lógica, mas algo ou alguém de tudo faz frincha para rir-se da gente...".

Mãe Wu pede silêncio, é uma das heroínas mais assombrosas que já conheci.

Ela era bem velha, isso todo mundo sabia. Mas ela nunca tinha revelado sua idade para ninguém e, com certeza, se o fizesse, as pessoas se espantariam. De estatura mediana, robusta, vestida sempre com roupas escuras de algodão grosso, os cabelos presos num coque na nuca, Mãe Wu tinha um rosto redondo e queimado de sol, com poucas rugas. De modo que aparentava muito menos idade, com os cabelos cheios de fios ainda escuros, os olhos pequeninos e brilhantes. Todas as manhãs ela saía de casa à mesma hora e caminhava com passos firmes, apoiada em seu cajado de madeira, em direção à grande montanha que se erguia na entrada da aldeia onde ela morava, numa região remota da China. Sem parar para descansar, ela chegava ao topo da montanha e ia examinar a estupa secular edificada ali. A estupa é um monumento funerário que os budistas chineses costumavam construir antigamente e aquela era uma delas, só que na aldeia as pessoas ignoravam quem havia sido responsável por sua edificação. Tampouco sabiam por que e quando aquela estupa fora construída naquele lugar.

Mãe Wu ficava um certo tempo lá em cima, rezando, depois descia a montanha outra vez e voltava a seus afazeres. Os vizinhos e outras pessoas do povoado não se lembravam de um único dia em que ela tivesse deixado de fazer aquilo. Ninguém sabia o motivo que a levava a enfrentar as dificuldades da árdua caminhada ou qualquer obstáculo que fosse para cumprir rigorosamente aquela ação considerada completamente sem sentido para toda a gente do lugar. A bem da verdade, as pessoas achavam que Mãe Wu era meio maluca, "os velhos costumam fazer coisas bem estranhas", pensavam.

À medida que sua idade ia aumentando, mais penosamente Mãe Wu subia a montanha, curvada sobre seu bastão, os olhinhos atentos e determinados, sem que ela se importasse se era acompanhada pelo sol, pela tempestade ou pelo fustigante vento do inverno.

Aconteceu que, um dia, alguns meninos brincavam perto da estupa e viram quando Mãe Wu apareceu numa curva do caminho, um pouco abaixo de onde estavam.

— Lá vem a velha, como sempre — disse um deles. — Como é que pode uma coisa dessas? Meu pai disse que ela nunca faltou um dia. O que será que ela veio fazer aqui?

— Ninguém sabe — respondeu outro menino.

— E se a gente perguntasse? — disse um meninozinho que brincava com uns gravetos.

Todos de acordo e decididos a divertir-se às custas da velha mulher, esperaram até que ela surgisse no topo da montanha.

— Muitos bons-dias, senhora Mãe Wu — eles disseram em coro.

Ela os cumprimentou, muito séria, ofegante, depois da dura caminhada, e foi direto para a estupa. Sem se importar com os olhares mordazes dos meninos, começou a apalpar a pedra, andando em volta da construção, examinando-a cuidadosamente.

— O que a senhora está fazendo, Mãe Wu? — perguntaram os meninos.

Ela não respondeu até terminar sua reza. Depois, sentou-se numa pedra baixa, enxugou o suor do rosto com a manga da camisa e respirou profundamente o ar da manhã. Só então começou a falar:

— Há muitas gerações meus antepassados têm subido a montanha todos os dias para olhar a estupa. Eu aprendi a fazer isso com meu pai, que morreu com cento e vinte anos e que, por sua vez, aprendeu com meu avô, que viveu cento e trinta anos e herdou a tarefa de seu pai, que viveu duzentos anos. E assim, muitos antes deles fizeram a mesma coisa, dia após dia. E eu prometo a vocês, crianças, que até o dia de minha morte não deixarei de cumprir o que me foi legado, como fiz até hoje.

— Mas olhar a estupa para quê? — perguntaram outra vez os meninos, achando tudo aquilo muito engraçado.

— Eu venho ver se ela está manchada de sangue. Porque segundo a velha sabedoria transmitida de geração em geração pelos mais velhos de minha família, no dia em que aparecer uma mancha de sangue na estupa, a montanha vai desmoronar; as pedras vão rolar sobre a aldeia e ela será totalmente destruída.

Os meninos se entreolharam sem conseguir conter o riso.

— Olhe, Mãe Wu — disse um deles fingindo enorme preocupação —, por favor, se isso acontecer, não deixe de ir até nossas casas para nos avisar.

— O quê? — disse Mãe Wu arregalando os olhos. — Não pense que tenho esse trabalhão danado todos os dias só porque quero salvar minha pele. Claro que não, eu não tenho medo da morte, já faz tempo que a espero, com tranquilidade. Eu faço isso por vocês, por todas as crianças que ainda têm muito o que viver, ainda que meu velho corpo não aguente mais de tanto cansaço. Não se preocupem, eu olho com muita atenção. Se aparecer uma única mancha de sangue na estupa, nem que seja bem pequena, desço correndo e aviso todo mundo.

Mãe Wu levantou-se e tomou o caminho de volta à aldeia. Os meninos ficaram ali, rindo do absurdo daquela crendice, até que um deles teve uma ideia.

— Que tal se a gente inventasse uma farsa para acabar com essa bobagem de velha tonta? A gente podia pedir um pouco de sangue de carneiro lá no açougue e espalhar pela estupa antes de a Mãe Wu chegar. Quem sabe na hora em que ela perceber que a montanha não se mexeu nem um pouco do lugar, que a profecia não vingou, ela desista de vir aqui todos os dias?

Os meninos riram bastante, imaginando o que ia acontecer no dia seguinte, e o plano foi realizado. Os meninos até contaram sua ideia aos homens da aldeia, e eles se divertiram muito também.

De manhã cedo, Mãe Wu deixou sua casa e, enquanto andava pelas ruas, as pessoas a olhavam de um jeito diferente, sorrindo com malícia, exagerando nos cumprimentos que lhe faziam. Mas ela não notava nada, porque seus olhos estavam fixos no céu e ela começou a inquietar-se. Os sinais não eram nada bons, segundo seu modo de perceber as coisas. Havia muitas nuvens cinzentas acumulando-se rapidamente sobre a aldeia, e quando ela começou a subir a montanha sentiu um estranho aperto no coração.

No povoado, cada um cuidava de sua vida, mas a atenção estava em Mãe Wu e na peça que os meninos haviam lhe preparado. Não demorou muito e todo mundo ouviu gritos lancinantes vindos do alto da montanha. Todos abandonaram seus afazeres para ver Mãe Wu descendo a montanha aos tropeções, caindo e levantando de novo, erguendo os braços para o céu. Na entrada da aldeia ela começou a gritar, o coração quase saindo pela boca:

— Depressa, depressa. Não se pode perder um minuto sequer. Juntem suas coisas mais valiosas, seus filhos e netos, e sumam daqui o mais rápido possível. Antes do anoitecer a montanha vai ruir e toda a aldeia será arrasada.

— Calma, Mãe Wu — diziam todos, rindo a não mais poder. — Nós não temos medo da morte — eles falavam pensando no sangue de carneiro que tinha enganado a pobre velha.

— Deixem de brincadeiras, eu lhes imploro! Fujam imediatamente, vocês não imaginam o tamanho da desgraça que vai acontecer.

Mas ninguém lhe dava ouvidos. Ela ainda bateu com os punhos cerrados em algumas portas e janelas, mas como as pessoas não vieram atendê-la, voltou para casa. Lá chamou as crianças, jovens e adultos de sua família, e juntos arrumaram uma pequena bagagem, algumas relíquias dos antepassados e logo depois deixaram o povoado para trás e para sempre.

No final da tarde, as pessoas voltavam para suas casas depois do trabalho quando o céu escureceu de repente. Um estrondo ensurdecedor aterrorizou a todos, mas ninguém ficou vivo para saber de mais nada. Durante três dias inteiros a aldeia permaneceu envolta nas mais profundas trevas. Na manhã do quarto dia, a luz foi surgindo devagarinho, por dentro da poeira. Não havia mais montanha, nem estupa, nem aldeia. Mãe Wu e sua família foram os únicos sobreviventes dessa misteriosa tragédia que chegou até nós nesse relato cuidadosamente guardado na memória das gerações.

Fátima, a fiandeira
(conto grego)

Esta história se encontra no livro Histórias dos dervixes, *um dos poucos livros de Idries Shah traduzidos no Brasil. Segundo a nota por ele redigida, trata-se de uma versão atribuída ao* sheik *chamado Mohamed Jamaludin, que viveu em Adrianópolis no século XVIII. É um conto popular relatado até hoje em diversas regiões da Grécia.*

Talvez esta tenha sido a história que contei mais vezes até hoje. Ao longo dos anos tenho observado que este conto está gravado dentro de mim como nenhum outro. Conheço seus espaços, seu ritmo e as qualidades expressas em cada conjunto de palavras. E ainda assim, cada vez que o narro tenho uma experiência distinta, porque o instante da narração é feito do momento, do lugar e das pessoas envolvidas em cada situação. Mas há algo que se repete, que sempre acontece quando conto esta história. Estejam onde estiverem e como estiverem as pessoas, à medida que vão escutando o conto, percebo um silêncio grave, mas não pesado, que se instala no ambiente, envolvendo a todos. Crianças, jovens e adultos de diferentes lugares e classes sociais nunca ficaram indiferentes a este relato que, para mim, é exemplar. Prefiro não falar nada sobre isso e deixar que os leitores e leitoras encontrem esta fantástica personagem pessoalmente, diretamente.

Há muito tempo, num lugar muito distante daqui, havia um casal de fiandeiros que tinha uma filha chamada Fátima. Desde menina ela aprendeu com seus pais o ofício de fiar, e quando chegou aos dezoito anos era uma fiandeira de grande experiência. Chegou o dia em que seu pai foi fazer uma viagem pelas ilhas do mar Mediterrâneo e resolveu levar Fátima com ele.

— Quem sabe — ele disse — no meio da viagem você poderá encontrar um bom moço para se casar, que seja de família honrada, que seja digno de você.

Fátima ficou feliz com o convite do pai e preparou-se para partir. Algum tempo depois ela estava num navio, com seu pai e uma tripulação bem treinada, rumo ao mar Mediterrâneo. Quando ancoravam em alguma ilha, o pai descia para fazer seus negócios. Enquanto isso Fátima ficava sentada num canto do navio, olhando o sol até que ele desaparecesse no horizonte, com o pensamento naquele bom moço, de família honrada e digno de se casar com ela, que ela poderia vir a conhecer.

Um dia, o céu começou a escurecer e densas nuvens provocaram uma tempestade terrível em alto-mar. O navio em que Fátima e seu pai viajavam foi aos poucos se tornando um brinquedo frágil levado pela fúria das ondas gigantes. Por mais valentes que fossem os marinheiros, eles não conseguiram dominar a força do mar assanhado pelo vento e pela chuva infernal. Depois de algum tempo de luta sem trégua, o navio foi engolido pela tormenta e todos a bordo morreram no mar, menos Fátima, que foi parar numa praia perto da cidade de Alexandria.

Quando ela acordou e abriu os olhos numa manhã de sol, demorou para se lembrar quem era, até que se deu conta de tudo o que havia acontecido. Percebeu então que estava num lugar desconhecido, sozinha, e, antes que pudesse refazer-se, viu que umas pessoas se aproximavam. Era uma família de tecelões que moravam naquele lugar e estavam passeando pela praia. Quando souberam sua história, convidaram-na para viver com eles em sua casa. Como não tivesse para onde ir, ela aceitou e logo começou a aprender um novo ofício, a arte de tecer. Não passou muito tempo até que ela se tornasse uma excelente tecelã.

Fátima estava tão feliz nesse seu trabalho que era como se tivesse se esquecido do terror pelo qual havia passado alguns anos antes.

Um dia, ao entardecer, Fátima caminhava pela praia, perdida em seus pensamentos, quando um navio de piratas ancorou ali, em busca de escravas para vender no mercado da cidade de Istambul. Assim que avistaram a jovem completamente distraída, com os olhos no crepúsculo, eles a prenderam e a levaram para o navio. Quando deu por si, Fátima estava outra vez navegando em alto-mar, sem saber para onde a levavam, até que um dia ela se viu num grande mercado, amarrada a um poste, à espera de um comprador. De novo ela estava sozinha, num lugar desconhecido, sem ter a menor ideia de qual. seria seu destino dali para a frente. Com a cabeça baixa, abandonada à sua triste sorte, Fátima ouviu a voz de um homem que se aproximou dela. Era um fabricante de mastros de navio, que estava andando pelo mercado em busca de uma escrava para comprar para a mulher. Quando viu o ar desamparado de Fátima, resolveu comprá-la, pensando que assim ele poderia contribuir de alguma maneira para melhorar a sorte da jovem.

O homem levou Fátima com ele para sua casa, mas quando chegou lá, uma desgraça havia acontecido. Enquanto ele se ausentara, um bando de ladrões havia roubado todo o seu dinheiro, todos os seus bens. Agora ele não podia mais ter escrava nenhuma, e disse a Fátima que ela podia ir embora. Acontece que a jovem tinha ficado muito agradecida porque o homem a tinha livrado dos piratas. Ela resolveu ficar morando com ele e a mulher, já que não tinha mesmo para onde ir. Logo passou a aprender um novo tipo de trabalho. Em pouco tempo ela conhecia tão bem a técnica de construir mastros de navio que pôde ajudar o homem a reconstruir sua fortuna. Ele lhe deu a liberdade e lhe propôs sociedade nos negócios, que iam cada vez melhor. Novamente Fátima se sentiu feliz e deixou para trás as lembranças duras do seu cativeiro e todas as difíceis perdas do passado.

Até que um dia o homem a chamou e pediu-lhe que levasse um carregamento de mastros para as distantes ilhas de Java, onde poderiam realizar um negócio extremamente vantajoso para eles, graças a alguns comerciantes locais seus conhecidos que estariam aguardando por ela.

Um grande navio foi equipado e Fátima subiu a bordo junto com a tripulação, numa manhã ensolarada. Pode parecer inacreditável, mas o navio foi colhido por um furacão no meio da viagem e rapidamente afundou.

Quando acordou numa praia da costa chinesa, algum tempo depois, Fátima começou a se lembrar com muito custo do que havia acontecido com ela. Percebeu que mais uma vez estava só, num lugar estranho, entregue a seu destino. Então ela se desesperou e ficou se perguntando por que, toda vez que sua vida tomava um rumo, acontecia uma desgraça tão grande que a deixava sem nada. Ela não se conformava e não compreendia o sentido do seu caminho pelo mundo. Exasperada, ela andava pela praia de um lado para o outro, sem nenhuma resposta para suas indagações. Foi então que surgiu diante dela um arauto anunciando que se alguma mulher estrangeira estivesse ali naquele momento, deveria apresentar-se ao imperador. Isso porque muitos séculos atrás havia sido feita uma profecia que dizia que um dia uma mulher vinda de terras distantes faria uma tenda para o imperador. De tempos em tempos o imperador enviava seus arautos aos quatro cantos da China, para ver se a tal mulher havia chegado.

Quando Fátima ficou sabendo, por meio de um intérprete, o que o arauto estava dizendo, pediu para falar com o imperador.

Assim que a viu, o imperador perguntou-lhe sem muitos rodeios se ela seria capaz de fazer uma tenda.

— Creio que sim — respondeu a jovem.

— Muito bem, diga-me o que é necessário para iniciar seu trabalho — disse o imperador prontamente.

— Bem, em primeiro lugar eu preciso de cordas que sejam bem resistentes — disse Fátima.

O imperador chamou seus serviçais e ordenou que providenciassem variados tipos de cordas para que a jovem pudesse escolher a mais adequada. Fátima examinou cuidadosamente as cordas que lhe foram trazidas, e achou que nenhuma delas era forte o suficiente para seu propósito. Foi então que ela se lembrou do tempo lá longe em que havia sido fiandeira, e logo lhe veio à memória sua antiga habilidade de fiar. Por isso ela pôde fiar as cordas de que precisava para fazer a tenda.

Quando as cordas ficaram prontas, o imperador perguntou:

— Do que mais você precisa?

— Agora eu necessito de um tecido especial, bem forte — respondeu Fátima.

O imperador apresentou-lhe telas e tecidos das mais diversas qualidades, mas ela não encontrou nada que lhe agradasse. Foi então que ela se lembrou do tempo lá longe em que havia sido tecelã, e logo lhe veio à memória sua antiga habilidade de tecer. Por isso ela pôde confeccionar a tela perfeita para realizar sua tenda.

— E agora o que falta? — perguntou o imperador cada vez mais curioso enquanto acompanhava os passos do trabalho.

— Finalmente, preciso de estacas — respondeu Fátima.

Nada do que o imperador lhe trouxe serviu para seu objetivo. Foi então que ela se lembrou do tempo recente em que havia sido fabricante de mastros de navio e, com grande habilidade, fabricou firmes estacas.

Depois de ter produzido com as próprias mãos os materiais necessários, Fátima só precisou se lembrar de todas as tendas que havia visto até então na sua vida, nos diversos lugares por onde tinha passado. Ela fez uma tenda magnífica para o imperador, que ficou completamente satisfeito com aquela maravilha.

— Mulher — disse o imperador —, você realizou a profecia que meu povo esperava há tantos séculos. Você pode pedir qualquer coisa como recompensa. O que você desejar lhe será dado.

— Eu não quero nada — respondeu Fátima. — Meu único desejo é ficar morando aqui na China e recomeçar minha vida. Eu não tenho ninguém no mundo e nenhum lugar para onde ir.

É claro que o imperador consentiu, e Fátima passou a viver na China.

Foi assim que depois de algum tempo ela conheceu um bom moço, de uma família honrada, digno de se casar com ela. Do grande amor que os uniu nasceram muitos filhos.

Fátima sempre contava sua história para os filhos e ao final ela dizia:

— Tudo aquilo que aconteceu na minha vida, e que no momento me pareceu uma desgraça, contribuiu, na realidade, para minha felicidade final.

Bibliografia

Os contos desta coletânea foram pesquisados nas seguintes obras:

Dana e Milada Stovicková. *Contes du Tibet et d'autres pays d'Extrême--Orient*. Paris: Grund, 1974.

Hazrat Inayat Khan.*Tales*. Nova York: Omega, 1980.

Henri Gougaud. *L'arbre aux trésors*. Paris: Seuil, 1987.

_____. *L'arbre d'amour et de sagesse*. Paris: Seuil, 1992.

Idries Shah. *Seeker after truth*. Londres: Octagon Press, 1982.

_____. *Histórias dos dervixes*. Rio de Janeiro: Nova Fronteira, 1976.

_____. *World tales*. Harmondsworth: Allen Lane/Kestrel; Penguin, 1979.

Jane Yolen. *Favorite folktales from around the world*. Nova York: Pantheon Books, Random House, 1986.

Luís da Câmara Cascudo. *Contos tradicionais do Brasil*. Belo Horizonte: Itatiaia; São Paulo: Edusp, 1986.

Malba Tahan. *Minha vida querida*. Rio de Janeiro: Getulio Costa, 1942.

Marie Vorisková. *Contes Tziganes*. Paris: Grund, 1968.

Outros livros citados no texto:

Ananda Coomaraswamy e Sister Nivedita. *Myths of the hindus and buddhists*. Nova York: Dover, 1967.

Fátima Mernissi. *Sonhos de transgressão*. São Paulo: Companhia das Letras, 1996.

João Guimarães Rosa. *Primeiras estórias*. Rio de Janeiro: Nova Fronteira, 1988.

Machado de Assis. *Os melhores contos*. São Paulo: Global, 1996.

Malba Tahan. *O homem que calculava*. Rio de Janeiro: Record, 1985.

Nathan Ausubel (compilação). *Os tesouros do folclore judaico*. Rio de Janeiro: Scorpus, 1953.

Ricardo Azevedo. *Maria Gomes*. São Paulo: Scipione, 1990.

Silvio Romero. *Contos populares do Brasil*. São Paulo: Landy, 2000.

1ª EDIÇÃO [2004] 27 reimpressões

ESTA OBRA FOI COMPOSTA PELO GRUPO DE CRIAÇÃO EM HANCH
E IMPRESSA EM OFSETE PELA GRÁFICA BARTIRA SOBRE PAPEL PÓLEN BOLD
DA SUZANO S.A. PARA A EDITORA SCHWARCZ EM MARÇO DE 2025

A marca FSC® é a garantia de que a madeira utilizada na fabricação do papel deste livro provém de florestas que foram gerenciadas de maneira ambientalmente correta, socialmente justa e economicamente viável, além de outras fontes de origem controlada.